Von Harold Foster

in der neuen Bearbeitung von
Christiane de Troye und Eberhard Urban

Gondrom

Lizenzausgabe für Gondrom Verlag GmbH & Co. KG, Bindlach 1993
© 1993 (1994) King Features Syndicate, Inc./Distr. Bulls
Einbandgestaltung: Werbestudio Werner Ahrens
Alle Rechte dieser Ausgabe bei
Edition-Aktuell GmbH, 5750 Menden 1/Sauerland
ISBN 3-8112-1075-0

Rothäute und Bleichgesichter

Vor langen Jahren war es, daß Prinz Eisenherz in der Neuen Welt gewesen war. Er hatte den Entführer seiner Frau übers weite unbekannte Meer verfolgt, Aleta befreit. Seine goldhaarige Frau wurde von den einheimischen rothäutigen Menschen als Sonnenfrau und Erntebringerin verehrt. Irgendwo in dem Land an den großen Strömen und Seen kam Arne zur Welt, der erstgeborene Sohn des Prinzen von Thule und der Königin der Nebelinseln. Beim Abschied von den Menschen der Neuen Welt hatte Aleta versprochen, daß eines Tages Arne in sein Geburtsland zurückkehren würde.

Nun war Arne hier in der Neuen Welt, begleitet von einer Schar tapferer und treuer Wikinger und von der Frau des Seekönigs Boltar. Tillicum war damals dem Wikinger in die Alte Welt gefolgt. Auch Hatha, ihr Sohn und Arnes Freund, war hier, das Land seiner Mutter kennenzulernen.

Arne fuhr mit Tillicum und Hatha zurück zu seinem Schiff. Sie waren bei einer Versammlung gewesen, einem großen Palaver. Arne und seine Männer hatten die Erlaubnis erhalten, zu jagen und Handel zu treiben. Und Arne hatte seine Hilfe gegen den großen Hunger versprochen, der in jedem Winter die Menschen quälte. Die Versammlung hatte mit einem Gelöbnis geendet, in dem sich die roten und die weißen Menschen Friede und Freundschaft schworen.

Nun fragte Arne: „Können die Rothäute die Gaben gebrauchen, die wir ihnen bringen?" „Sie vertrauen und respektieren uns", antwortete Tillicum, „aber ob sie ihre Gewohnheiten aufgeben, neue Wege gehen können? Einen Versuch ist es wert." Die Gaben wurden verladen: ein Sack Getreide, Mühlsteine, ein Pflug. Die Kostproben des Brotes schmeckten den Rothäuten.

Arne und seine Männer erklärten, wie aus den Getreidekörnern Mehl gemahlen und wie aus dem Mehl das köstliche Brot gebacken wurde. In wenigen Tagen hatten sie alles über das Pflügen, Pflanzen, Ernten, Lagern, Mahlen des Getreides und über das Kochen und Backen mit Mehl erzählt. Arne ermahnte zum Schluß sein Publikum: „Hebt immer genug Getreide auf zum Säen im nächsten Jahr, dann wird euch nie mehr der Hunger heimsuchen, selbst wenn das Wild selten ist und die Seen gefroren sind."

Die jungen Burschen hatten Spaß am Pflügen, sie veranstalteten Wettkämpfe. Doch bald wurde ihnen das Spiel langweilig. Warum so hart arbeiten, um viele Monate auf die Ernte zu warten? Sie verließen die Felder und durchstreiften wieder ihre Jagdgründe, um schnell reiche Beute zu machen.

Nur ein kleines Feld war gepflügt worden und zur Saat vorbereitet. Viel Saatgut war übriggeblieben. Die Häuptlinge ließen davon etwas mahlen und Brot backen. Es schmeckte ihnen so gut, daß niemand genug davon bekommen konnte. Ein Potlatch, ein großes Fest, wurde gefeiert, noch mehr Brot gebacken. Und der Sack mit dem Getreide war leer.

Als dann, nach dem Winter, das Tauwetter einsetzte und den Schnee in Matsch verwandelte, als die Flüsse über die Ufer stiegen und auch das kleine Feld überfluteten, kehrten Hunger, Krankheit und Verzweiflung in die Hütten und Zelte ein. Wie jedes Jahr. Wie immer schon.

Prinz Arne, weit entfernt inzwischen, hatte das stolze und freudige Gefühl, einem einfachen Volk, das seit Urzeiten von der Jagd gelebt hatte, den Weg zum Wohlstand gewiesen zu haben. Er meinte, daß die Menschen nicht mehr durch ihre Jagdgründe streifen müßten, daß bald Dörfer und Städte errichtet würden, eine Zivilisation aufblühen könnte.

Die Stammeshäuptlinge, deren Söhne als Geiseln an Bord des Segelschiffs geblieben waren, kamen, ihre Kinder abzuholen. Mancher Jüngling bat, die weißen Männer so weit noch begleiten zu dürfen, wie das Gebiet seines Stammes reichte. Die jungen Krieger erprobten ihre Fähigkeiten bei der Jagd. Wenn das Schiff abends Anker warf, paddelten sie mit ihren Kanus zum Ufer. Prinz Arne ging mit, wollte seine Geschicklichkeit mit der seiner Gefährten messen.

Arne staunte über die Geschicklichkeit, mit der die jungen Roten ihre Jagdkunst ausübten. Sie schossen, gebückt und versteckt, aus kurzer Entfernung und mit tödlicher Sicherheit. Und wenn ein Zweig den Pfeil aus seiner Bahn lenkte, hatten sie immer noch Zeit, einen zweiten abzuschießen. Arne, mit seinem größeren Langbogen, konnte die volle Schußkraft seiner Waffe nur im Stehen zur Geltung bringen. Während sich die Freunde noch anschlichen, erhob er sich plötzlich. Aus weiterer Entfernung zu treffen, war er gewohnt. Selten verfehlte er auch jetzt sein Ziel.

Am meisten Freude hatte Arne an dem Kanu aus Birkenrinde. Es glitt leicht über das Wasser und gehorchte schnell auch der geringsten Bewegung des Ruders.

„Ein solches Boot muß ich für mich haben", beschloß Arne. Erfüllt von seinem Wunsch fragte er Tillicum um Rat, wie er ein Kanu von den Eingeborenen erwerben könnte. Aufmerksam hörte er Tillicum zu.

Seine Jagdgefährten ruderten ihn zu einer versteckt liegenden Ansiedlung an einem kleinen Nebenfluß, weit entfernt vom großen Strom und umherstreifenden Kriegerhorden. Bei ihrem Eintreffen verschwanden die Frauen und Kinder lautlos im Wald. Ein Häuptling schritt zur Landestelle, die Krieger standen kampfbereit bei ihren Zelten und erwarteten die Ankömmlinge.

Arne zeigte in der Zeichensprache, daß er in friedlicher Absicht gekommen war. Der Häuptling erwiderte die Friedensgebärde, Arne betrat das Ufer. Auch die Menschen hier kannten die Legende von der Sonnenfrau, sie hatten gehört, daß deren Sohn zurückgekehrt wäre. Trotzdem staunten sie über den weißhäutigen Jüngling, wunderten sich über sein flammenfarbenes Haar. Jetzt konnten sie sich augenscheinlich davon überzeugen, daß die wunderbaren Geschichten und Lieder, die an langen Abenden erzählt und gesungen wurden, der Wahrheit entsprachen.

Arne ließ wissen, daß er ein Kanu erwerben wollte. Da wurde ihm ein ausgedientes Boot gezeigt, seine Vorzüge gepriesen, nicht umsonst trug es den Namen „Flinker Pfeil". Ein anderer zeigte eifrig dem Käufer ein Wrack, lobte seine Schnelligkeit und Tüchtigkeit, denn warum wohl hieß dieses Kanu „Fliegende Ente"? Aber Arne hatte schon das Kanu erspäht, das er haben wollte. Sein Besitzer wollte sich nicht von einem solchen Meisterwerk des Bootsbaus trennen. Kühl lehnte er ein eisernes Messer ab, das Arne zum Tausch anbot. Ein Stück nach dem andern, das Arne aus seiner Tasche

hervorholte, wurde verschmäht. Das Gesicht des Bootsbesitzers blieb unbeweglich. Arne blickte aufmerksam auf die Hände des Bootsbesitzers. Das ganze Dorf hatte sich versammelt, die Verhandlungen zu beobachten. Geschick beim Handeln war eine geschätzte Tugend. Als Arne eine glitzernde Perlenkette zeigte, krampften des Verkäufers Hände in gierigem Griff. Mit einem Achselzucken steckte Arne die Kette wieder ein, ließ dabei die Sonne in den Perlen blitzen. Prinz Arne stand auf, streckte sich.

„Ich wollte dein Kanu", sprach Arne, „ich habe dir vielzuviel dafür geboten. Aber meine Großzügigkeit stößt auf deine Habgier. Es gibt andere Boote."
„Warte!" rief erregt der Verkäufer. So kam es, daß Arne bei Sonnenuntergang im eigenen Kanu zum Schiff ruderte. Und er hatte noch Ladung an Bord: ein zweites Paddel, eine Webdecke aus Wolle, ein Paar verzierte Mokassins. Die Rothäute sahen ihm nach, nickten zustimmend mit den Köpfen. Der Sohn der Sonnenfrau hatte durch seinen geschickten Tauschhandel ihre Achtung gewonnen.

Ein stürmischer Wind aus Nordost brachte Nebel und Regen. Aber die Männer auf Gundar Harls Schiff freuen sich. Mit vollen Segeln ging es flußaufwärts, ohne daß gegen die Strömung gerudert werden mußte. Arne hätte so gern sein neues Kanu erprobt. Am ersten Tag ohne Regen befahl er, das Boot zu Wasser zu lassen. Einer der jungen Eingeborenen scherzte: „Für ein kleines Kanu und kleine Fähigkeiten ist es zu windig."

Mit seiner jugendlichen Selbstüberschätzung paddelte Arne los. Der Wind packte plötzlich den Bug des Bootes, drehte das leichte Gefährt, das nun stromabwärts trieb, und auch mit aller Kraft nicht mehr zu halten war. Erst zwei Meilen weiter gelang es Arne, das Ufer zu erreichen. Wie sollte er jetzt zurückkommen?

Arne musterte sein Kanu. Am einfachsten war es, von seinem schmalen Endsitz das Boot zu rudern. Aber das andere Ende würde zu weit aus dem Wasser gehoben. Der Mittelsitz wäre nur zu verwenden, wenn das Boot gleichmäßig beladen wäre. Mit einem großen Stein beschwerte Arne das andere Ende, ruderte, lernte sein Kanu mit jedem Paddelschlag besser kennen. Er durfte keinen Augenblick nachlassen, zu paddeln. Sonst würde das Boot abdrehen und Wasser aufnehmen. Jede Welle ließ den Bug tanzen und den Stein gefährlich rumpeln. Arne stöhnte: „Mein Kanu hat die Seele eines boshaften Teufels."

Endlich hatte Arne das Schiff erreicht. Allerdings war er nicht zum Scherzen aufgelegt. „Ist der weiße Junge noch nicht stark genug, ein kleines Kanu zum Gehorsam zu zwingen?" neckte ihn ein Jüngling. „Wenn du so stark bist", schnappte Arne zurück, „dann klettere mit mir um die Wette zur Mastspitze!" Geschickt durch lange Übung, war Arne schnell die Wanten emporgehangelt und wieder zurück an Deck, als sein Gegenspieler sich noch nach oben kämpfte, von seinen roten Brüdern ausgelacht wurde. Mißbilligend schüttelte Tillicum den Kopf. „Du hättest ihn vorhin fragen müssen, ob er dir wohl zeigt, wie man mit einem Kanu umgeht. So hättest du ihn zum Freund gewonnen. Aber du hast ihn vor seinen Freunden beschämt, so hast du dir einen Feind geschaffen."

Die Wasser des großen Flusses drängten schnell vorwärts, als die Ufer zusammenrückten. Mühsam mußten die Männer das Schiff mit den großen Rudern bewegen.

Jetzt war es an der Zeit, daß die Rothäute ihr Versprechen, das Schiff über die Stromschnellen zu bringen, erfüllten. Da, in der Morgensonne glänzten Hunderte von wassersprühenden Paddeln.

Eine große Flotte von Kanus ruderte am Ufer entlang, jeden Vorteil eines Strudels oder Staus im Wasser nutzend. Die eingeboren Gäste auf dem Segelschiff begrüßten laut und voller Freude die Ankommenden, erkannten sie doch in den Ruderern ihre Väter, Freunde, Häuptlinge. „Es ist gut", sprach Tillicum, „der Stamm, mit dem wir einen Freundschaftsvertrag geschlossen haben, hält treu sein Versprechen. Sie werden unser Schiff durch die Stromschnellen schleppen." Jeder Windhauch, jedes Ruder, jedes Paddel wurden gebraucht, um das große Schiff Fahrt voraus machen zu lassen. Riesig und schwerfällig sah es im Vergleich zu den leichten Kanus aus, die das Stillwasser in Ufernähe suchten.

Im Schutze einer Landzunge, hinter der die Stromschnellen schäumten und rumorten, warf Gundar Harl Anker. Hier hatte der ganze befreundete Stamm sein Lager aufgeschlagen. Sie alle wollten aus der schwierigen Aufgabe, das große Schiff durch die tobenden und tosenden Wasser in das ruhige Wasser stromauf zu ziehen, ein großes Fest machen.

Die Nacht war hereingebrochen. Prinz Arne saß zufrieden neben Tillicum an Bord. Früher war sie für ihn nur die Amme und das Kindermädchen gewesen. Nun fand er ihren Rat unentbehrlich, er vertraute ihrer Weisheit und ihren Kenntnissen.

In seine prachtvolle Festrobe gehüllt, schritt Prinz Arne zum Lager seiner eingeborenen Freunde und Verbündeten. Es galt, den Transport des Schiffs zu besprechen. Aber die Rothäute hatten noch ein anderes Anliegen. Sie waren ein hartes und entbehrungsreiches Leben gewöhnt. So waren sie froh über jede Gelegenheit, ein Fest zu feiern und sich trotz allem ihres Lebens von Herzen zu freuen. Und hatten sie nicht Anlaß genug? Die Prophezeiung hatte sich erfüllt, der Sohn der Sonnenfrau war in einem großen Flügelkanu zu ihnen gekommen, die furchterregenden Krieger mit dem Gelbhaar folgten seinem Befehl.

Nach den langen Beratungen und Zeremonien folgten Feierlichkeiten und ein üppiges Festessen — bis die Jäger meldeten, daß im nahen Wald kein Wild mehr zu finden wäre.

Der große Tag war angebrochen. Die Ladung des Schiffes an Land gestapelt. Das große Schlepptau am Ufer ausgelegt. Die Rothäute nahmen ihre Plätze ein, streiften sich die Schlingen über die Schultern. Zum Schlagen der Trommeln, zu den Gesängen der Medizinmänner legten die Männer ihre Kraft in das Seil. Und das große Schiff bewegte sich langsam gegen die Strömung, erreichte das stille Wasser. Kein Mann, ob Weiß- oder Rothaut, konnte dieses Ereignis je vergessen. An vielen abendlichen Feuern in der Neuen und in der Alten Welt wurde noch lange davon erzählt und gesungen. Kaum waren die Schlepper wieder zu Atem gelangt, feierten sie den Erfolg mit gellenden Schreien. Nun galt es, die Ladung an den Stromschnellen vorbei zum Schiff zu bringen. Die Rothäute gingen mit ihren Kanus auf die Heimfahrt, die großen Blondmänner sollten das allein tun. Einige Kanus trafen ein, vom Oberlauf des Stroms kommend. Ein großer Häuptling trat ans Ufer. „Mein Herz ist froh und glücklich, dich zu sehen, mein Vater", Tillicum verneigte sich. „Mögest du in Frieden wandeln, meine Tochter", antwortete der Häuptling.

Von Tillicums Vater lernte Arne viel über das Land, die Ströme und Seen: „Die Berginsel hier ist ein Handelsplatz, wo sich einmal im Jahr die Stämme aus allen Himmelsrichtungen treffen. Von den großen Wassern kommen die Huronen, vom Fluß oberhalb bringen die Ottawas ihre Güter", der alte Häuptling zeichnete eine neue Linie, „und hier unten reicht eine Kanuverbindung über eine weite Strecke bis zum Großen Salzsee."

Jetzt hatte Arne einen großen Traum: einen neuen Weg zum Meer zu finden. Er berichtete davon dem Kapitän Gundar Harl: „Wenn wir umkehren, werdet Ihr mit dem Schiff aufs Meer gelangen und folgt der Küste südwärts. Und ich folge der Inlandroute — und dann treffen wir uns."

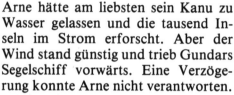

Arne hätte am liebsten sein Kanu zu Wasser gelassen und die tausend Inseln im Strom erforscht. Aber der Wind stand günstig und trieb Gundars Segelschiff vorwärts. Eine Verzögerung konnte Arne nicht verantworten.

Mit Prinz Arne als Dolmetscher erklärte Tillicums Vater den Weg durch die verwirrende Inselwelt. Der alte Häuptling kannte sich in diesen Gewässern sehr gut aus, wie oft war er schon zur Berginsel gefahren, Handel zu treiben.

Dann öffneten sich die Wasser, vor ihnen lag die große Fläche des Ontariosees. Zum erstenmal seit sie den Ozean verlassen hatten, konnten sie tags und nachts segeln, bald hatten sie das andere Ende des Sees erreicht. Hier wurden sie schon von einer großen Volksversammlung erwartet. Unter den Menschen dieses Volkes hatten damals Königin Aleta und Prinz Eisenherz gelebt. Hier wurde Aleta als die göttliche Sonnenfrau, die Bringerin der Ernte verehrt. Hier wurde auch vor vielen Jahren Prinz Arne geboren.

Nun war Arne zurückgekehrt, hatte das Versprechen seiner Mutter erfüllt. Es war ein großer Augenblick in seinem jungen Leben. Es war ein feierliches Ereignis für die Versammlung.

Tillicum führte den Prinzen zu der Stelle, an der sein Geburtshaus gestanden hatte. Das geräumige und gut ausgestattete Gebäude, das die Eingeborenen damals für ihre Sonnengöttin errichtet hatten, war längst zerfallen. Aber der Platz galt als geheiligt, Symbole schützten ihn vor Frevel und Mißbrauch. Das große Blockhaus, von den Wikingern aus Eisenherz' Mannschaft errichtet, stand noch. Die lange Zeit, Wind und Wetter allerdings hatten seine Nützlichkeit ruiniert. „Das Haus läßt sich kaum instand setzen", bemerkte Gundar Harl, „wir werden ein neues, kleines bauen. Wenn ich mich recht erinnere, war das der windigste Winter in diesem Haus, den ich je erlebt habe."

Arne verbrachte viele Stunden mit Tillicums Vater. Er erzählte von seinem Traum, den Stämmen Handel und Wohlstand zu bringen, ihnen den Weg in die Zivilisation zu weisen. „Hat dieser Jüngling genug Weisheit, seine Träume wahr werden zu lassen?" fragte der Häuptling seine Tochter. „Er ist sehr ernsthaft, Vater", antwortete Tillicum, „und für seine Jahre ist er sehr weise, aber er hat noch nicht viele Jahre."

Aleta, seine Mutter, hatte prophezeit, daß ihr Sohn den Stämmen Größe bringen würde. Wenn Arne dachte, daß Handel und Wohlstand Größe bedeuteten, sollte man nicht vergessen, daß Arne noch sehr jung war. Er suchte wieder das Gespräch mit dem Häuptling, schwärmte von festen Städten, Ackerbau und den gerechten Gesetzen, die König Arthur seinem Land und seinen Völkern gegeben hatte. Da trat eine Gruppe Jäger aus dem Wald.

„Durch Arbeitsteilung und Organisation bilden unsere Männer ein tüchtiges Team. Und so kommen sie erfolgreich zurück von der Jagd", begeisterte sich Arne. „Komm, ich zeige dir den Preis für diesen Erfolg", forderte der Häuptling auf. Er führte Arne zu einer üppigen Wiese. „Gestern graste hier viel Wild. Eure Jäger lagen versteckt bei den Wildpfaden, während die anderen mit lautem Geschrei die Tiere zu ihnen trieben. Viele Monde müssen vergehen, bis die überlebenden und verängstigten Tiere hierher zurückkehren." Dann wies der alte Häuptling auf einen Punkt, meilenweit entfernt, kaum zu erkennen.

„Schau nur, wie unsere Jäger jagen." Nach langem Warten waren drei Jäger am Rande der Lichtung zu sehen, die wieder im hohen Gras untertauchten. Ein Elch erschien, stand bewegungslos, prüfte die Luft durch seine weit geöffneten Nüstern, begann zu äsen. Plötzlich stürzte das Tier zu Boden. Die rothäutigen Jäger erhoben sich, nur wenige Meter entfernt, zerlegten das Wild und verschwanden wieder. „Siehst du, blonder Junghäuptling, mein Volk nimmt nur, was es braucht, zerstört nicht das Gleichgewicht der Natur. Und die Krähen dort holen sich die Reste."

Arne suchte wieder einmal den Rat Tillicums, die ihm erklärte: „Mein Volk kennt keine Habgier, es nimmt aus der Natur, was es braucht, und hinterläßt keine Zerstörung." „Während mein Volk sich marschierender Armeen, großer Eroberungen und Plünderungen rühmt", sinnierte Arne, „ich bin verwirrt." „Hab Geduld", mahnte Tillicum, „und lerne."

Das große Schiff lag vertäut in einer geschützten Bucht. Die Nordmänner wollten sich Unterkünfte an Land errichten. Sie wollten sich lieber mit den Blattläusen und den Moskitos herumschlagen, als länger in den engen Kajüten hausen. Arne schlug vor, das zerfallene Blockhaus abzureißen und ein neues aufzustellen. „Nein", entschied der Häuptling, „der ganze Bezirk ist heilig, ein Waldtempel für die Sonnenfrau, deine Mutter. Etwas entfernt habe ich euch eine Stelle für ein Haus zugewiesen." Mit Verwunderung sahen die Eingeborenen dem Treiben der Weißhäute zu.

Die Rothäute kamen ins Staunen, als sie sahen, wie die Weißen mit ihren schweren Äxten in wenigen Minuten einen Baum fällen konnten. Sie hackten viele Bäume um. Insgeheim spotteten sie über die zerbrechlichen und überfüllten Behausungen der Roten. Sie wollten solide Häuser, die den Stürmen der Natur und anderer Feinde widerstehen konnten, innen schön vom Feuer verqualmt, um die lästigen Insekten abzuschrecken.

Arne wandte sich an den Häuptling: „Auch dein Volk kann solche Häuser bauen, viele Häuser für eine Dorfgemeinschaft, geschützt vor den Angriffen der Feinde." Der Häuptling lächelte: „Der weiße Mann zählt seinen Reichtum nach seinem Besitz. Er ist an den Besitz gebunden. Der rote Mann mißt seinen Reichtum nach den Fähigkeiten bei Jagd und Fischfang, nach der Klugheit in den Ratsversammlungen. Ihr seid angebunden an euer Riesenkanu und das feste Haus. Wir können mit unsern Familien in einer Stunde zu neuen Jagdgründen aufbrechen."

Der verwirrte Prinz mußte sich wieder Rat bei Tillicum holen. „Ich habe versucht, deinem Volk neue Verfahren, neue Anwendungen, neue Wege aufzuzeigen. Aber sie ziehen die überlieferten alten Wege vor. Und", fügte er hinzu, „aus guten Gründen." „Das Kaninchen kann kein Nest im Baum bauen, der Vogel kann sich keine Höhle in die Erde graben", sagte Tillicum. „Wie kann ich dann meiner Mutter Prophezeiung erfüllen, dem Stamm Größe zu bringen?" „Habe Geduld", Tillicum lächelte, „und lerne." So ging Prinz Arne zum Angeln, nicht um Fische zu fangen, um allein zu sein, mit seinen Problemen zu ringen, selbst Lösungen zu finden. Die Menschen hier gingen ihre eigenen alten Wege. „Und warum auch nicht?" sprach Arne zu sich selbst, „das entspricht ihrem Leben. Dank ihres wenigen Besitzes erfreuen sie sich einer Freiheit, die jenseits des großen Meeres unbekannt ist. Ich Narr dachte, daß eine Änderung auch eine Besserung sein müßte. Die roten Menschen treffen sich in Versammlungen, das Wissen und die Weisheit von vielen führen zu Entscheidungen. In der Alten Welt halten Könige alle Macht in ihren Händen, ihre Throne sind umgeben von vielen, die es nur nach Macht gelüstet."

„Die Menschen des roten Volkes leben in großen stillen Wäldern, der Natur verbunden", Arne grübelte weiter, „vielleicht sind sie deshalb unbesiegbar — auch gegen meine kriegerischen Wikinger."

Aus dem nahegelegenen Dorf schallten Stimmen herüber, schwollen an zu wildem Geschrei, Trommeln begannen zu dröhnen. Eine Schar junger Krieger war von einem erfolgreichen Streifzug heimgekehrt, prahlte mit den gräßlichen Trophäen ihres Sieges. Wild tanzten sie zum Rhythmus der Tamtams, jeder führte seine Heldentaten vor.

Jetzt erklärte der Häuptling jeden der jungen Männer zum Krieger, erlaubte ihnen, Kriegsbemalung zu tragen und sich mit einer Adlerfeder zu schmücken. Dann rief der Häuptling Prinz Arne und Kapitän Gundar Harl zu sich. „Wir stehen vor einem Krieg mit dem Stamm im Süden. Ihr und eure Männer werdet in diese Kämpfe mit verstrickt werden. Bereitet euch auf den Angriff vor. Tillicum wird euch erklären, wie wir kämpfen, so könnt ihr eure Verteidigung vorbereiten."

Tillicum erzählte den Weißhäuten, daß die jungen Krieger eine Gruppe fremder Jäger auf den eigenen Jagdgründen ertappt, sie angegriffen und getötet hätten. Nun wäre ein Krieg mit den südlichen Nachbarn unvermeidlich. In drastischen Worten schilderten sie den Verlauf eines Krieges: Hinterhalt, Überraschungsangriff, Gefecht, Marter für die Gefangenen. Der Häuptling sandte Späher und Läufer aus. Die Krieger fertigten Pfeile an. Das schienen alle Vorbereitungen auf den kommenden Kampf.

Auf Prinz Arnes Anregung wurde an jeder Ecke des unvollendeten Blockhauses ein Turm errichtet. So konnten die Bogenschützen mit ihren Pfeilen alle Seiten beherrschen. In aller Eile wurde im Innern des Hauses ein Wehrgang gebaut, um von hier jeden Versuch der Angreifer zu vereiteln, die Wände zu erklimmen. Als die Waffen vom Schiff hierher gebracht worden waren, war alles für den Kampf vorbereitet. Doch von den heranrückenden Feinden war noch nichts zu bemerken.

Auch keiner der Späher berichtete, Anzeichen des Feindes gesehen zu haben. So beschloß Arne, an diesem Tag auf die Jagd zu gehen. Dazu hatte Tillicum etwas zu sagen: „Du wirst dein Kettenhemd tragen und dieses Lederwams. Deine eigene Kleidung ist zu auffällig. Und bedecke dein rotes Haar mit dieser Haube." Obwohl sie lächelte, wußte Arne aus langer Erfahrung, daß es sinnlos gewesen wäre, mit ihr über die Notwendigkeit zu reden, vorsichtig zu sein.

Eine Stunde später kam der erste Scout mit einer Nachricht: Der Feind hatte den großen Strom mit vielen Kanus überquert und lagerte zwei Tagesmärsche entfernt. Die Krieger des südlichen Stammes trugen ihre Kriegsbemalung.

Arne paddelte auf einem kleinen Fluß, hielt nach Jagdbeute Ausschau! An vielen Untiefen und Wasserfällen vorbei, mußte er sein Kanu tragen. Unter seinem Panzerhemd schwitzte er, es war schwer und kratzte auf der Haut. An einem Wasserfall begegnete er zwei Rothäuten in Kriegsbemalung. Arne wendete sein Boot und paddelte wie besessen davon.

„Danke, Tillicum", stöhnte Arne, als ein Pfeil seinen Rücken traf, am Eisen abprallte und ins Boot fiel. Zwei kräftige Krieger in einem Kanu können schneller vorankommen als ein Jüngling. Arne kippte sein Kanu, ließ es voll Wasser laufen, beschwerte das gesunkene Fahrzeug mit Felsbrocken. Kaum blieb ihm Zeit, sich vor den herangleitenden Kriegern zu verstecken.

Über dem Tosen des Wasserfalls hörte Arne das Kriegsgeheul seiner Verfolger. Sie ließen ihr Kanu am anderen Ufer zurück, rannten über das schmale Stück Land, wollten Arne den Weg abschneiden. Sie dachten, er würde mit seinem Kanu die große Flußschleife entlangfahren. Sie kamen zurück, ihr Feind war nirgends zu entdecken, schien sich spurlos aufgelöst zu haben. Auch ihr Kanu war verschwunden. Vom anderen Ufer beobachtete Arne, hinter einem Baum versteckt, seine Verfolger. Den Pfeil mit der abgebrochenen Spitze hatte er dort hingelegt, von wo er das Kanu entwendet hatte, das nun versenkt am andern Ufer lag. Die beiden Krieger waren heillos verwirrt.

  In der Abendstille umschwärmten Moskitos den Prinzen. Und immer noch lagerten die beiden Rothäute an der Stelle, die Arne überqueren mußte, um zurückzukehren. Schließlich errichteten die Krieger sich eine Unterkunft und entzündeten ein Feuer. Warteten sie auf Kampfgenossen, die hier vorbeikommen konnten? Arne schien sich in der eigenen Falle gefangen zu haben. Was sollte er tun, wie konnte er sich retten? Leise erhob er sich . . .

. . . und zog sich aus. Er leerte das Wasser aus dem Kriegerkanu, und so leise wie ein Fisch schwamm er über den Fluß, schob das Kanu ans Ufer.

Ein neuer Morgen. Zwei erstaunte und erschrockene Helden fanden ihr Kanu. Es war auf die gleiche geheimnisvolle Art wieder da wie es verschwunden war. Zauberei und Magie! Und wo war der, an dem ein wohl gezielter Pfeil nutzlos zerbrochen war? Die zwei Krieger paddelten zu ihren Stammesgenossen zurück — immer in der Furcht, plötzlich könnte das Kanu, in dem sie saßen, sich wieder in Luft auflösen.

Jetzt konnte Arne auch sein eigenes Kanu wieder aus dem Fluß holen. Der Morgen war frisch, und er war froh, sich wieder anziehen zu können. Er mußte das Boot über Land tragen, dem Wasserfall aus dem Weg gehend. Gestern noch hatte es sich leicht getragen, jetzt war es eine schwere Bürde. Während der Nacht hatte sich die Rindenhaut des Kanus voll Wasser gesaugt, Arne konnte es kaum tragen. Er hoffte, die feindlichen Späher würden nicht zurückkommen.

Wieder im Dorf, erzählte er Tillicum von seinen Erlebnissen. „Und vielen Dank für deinen Rat, mein Panzerhemd anzuziehen. Sonst würde ich nicht mehr leben."

Was hatte sich inzwischen hier im Dorf ereignet?

Aus allen Richtungen strömten neue Krieger herbei, der Stamm versammelte sich, die Menschen kamen aus allen umliegenden Ansiedlungen zusammen. Der Feind war im heimlichen Anmarsch, aber niemand wußte, von wo und wann er angreifen würde. Der Nervenkrieg war die erste Stufe der beginnenden Auseinandersetzung. Alle waren gespannt, wann und wo der Kampf beginnen würde.

In der Nacht brachten die Kanus und Gundar Harls großes Schiff die Frauen und Kinder in Sicherheit. Denn ein Krieg verschont weder die Schwachen noch die Unschuldigen.

Gundar Harl, der nur einen Fuß und eine Hand besaß, konnte kein Krieger sein. Seine Handelsfahrten hatten ihn weit durch die Welt getrieben, und er hatte viel von der schrecklichen Kunst erfahren, Kriege zu führen. Das unfertige Blockhaus hatte sich unter sei-

ner Anleitung in eine Festung verwandelt. Die feindlichen Späher wunderten sich über das fremdartige Gebäude der fremden Weißen. Nun dröhnten die Kriegstrommeln, Kriegsgeheul erschallte, die Krieger tanzten sich in Kampfeswut. Gundar trat zum Häuptling, unterbreitete ihm einen Kriegsplan. Der Häuptling schüttelte den Kopf.

Mit ernstem Gesicht sprach der würdevolle Häuptling zu den Weißen: „Unsere Krieger kämpfen Mann gegen Mann. Sie wollen ihre Tapferkeit und ihren Mut beweisen. Jeder kämpft im Krieg auch seinen eigenen Kampf. Es ist unsere Art, überliefert aus der alten Zeit, als jeder einzelne Mensch um sein Überleben kämpfen mußte. So kämpfen wir noch heute. Die Krieger im Blutrausch befolgen keine Befehle. Sie kennen kein anderes Gesetz — außer den Feind zu besiegen und zu töten."

Wieder neigte sich ein Tag seinem Ende zu. Wieder verging eine Nacht. Ein neuer Morgen dämmerte herauf. Eine unheimliche Stille lag über dem Dorf. Ruhe herrschte im Wald, kein Vogel zwitscherte, kein Tier brach raschelnd durchs Gestrüpp. Die erwartungsvolle Stille wurde jäh zerrissen.

Mit gellendem Kriegsgeschrei brachen die Feinde aus dem dunklen Wald hervor. Die Krieger stürzten aufeinander los. Es ging um Leben oder Tod. Ein paar Gefangene zu Sklavendiensten, einige zum Martern konnten gemacht werden. Plünderungen wie in der Alten Welt waren nicht üblich — dazu gab es zu wenige Güter und Besitztümer. Die Kämpfer beseelte nur ein Gefühl: Tod oder Sieg!

Aus der Festung heraus überschütteten die Bogenschützen die Angreifer mit einem Geschoßhagel. Aber bald war es nicht mehr möglich, Freund und Feind zu unterscheiden.

Die Kampflust der Krieger steigerte sich, als die Schlacht immer heftiger wurde. Jeder Krieger konnte seinen Feind erkennen. Da erinnerte sich Arne der Kriegsbemalung in den Gesichtern der Scouts, die ihn verfolgt hatten. Sofort gab Arne diese Erkenntnis an seine Gefährten weiter, die Bogenschützen konnten jetzt ihre Ziele ausmachen. Die Feinde, die sich schon dem Sieg nahe wähnten, schrien vor Wut, drohten laut und wild den weißen Kriegern in der Festung.

Die weißen Nordmänner schossen Pfeil um Pfeil ab. Die angreifenden Rothäute stürmten gegen die Festung, kletterten flink wie Eichhörnchen die Baumstämme empor. Mit Lanzen und Steinbrocken wehrten sich die Verteidiger. „Um unsere Freunde steht es nicht gut", meinte Gundar Harl, „die Feinde haben das Dorf zerstört, die Hütten und Wigwams brennen. Befiel den Ausfall!"

An der Rückseite des Blockhauses hatten die Wikinger eine große Leiter angefertigt, die jetzt nach außen geklappt wurde. Mit lautem Kriegsgebrüll kletterten sie auf den Kampfplatz. Hinter ihrem Schildwall formten die tapferen Veteranen einen Keil, der gegen die Feinde vorstieß. Ihre schrecklichen Streitäxte schimmerten im Hagel der Hiebe. Aus der zweiten Reihe stießen die Speerträger mit ihren langen Stichwaffen auf die sich verzweifelt wehrenden Feinde.

Ein Krieger brach in seiner rasenden Kampfeswut durch den Schildwall. Prinz Arne scherte aus der Kampflinie aus, stellte sich dem anstürmendem Tomahawkschwinger. „Jetzt, Vater, muß ich beweisen, wie gut ich gelernt habe", durchzuckte es Arne, als er Auge in Auge seinem Gegner gegenüberstand, bereit zum tödlichen Zweikampf. Dem neuen Ansturm wich er aus, brachte die Rothaut aus dem Gleichgewicht. Sich tief hinter seinen Schild beugend, wehrte er den Schlag des Tomahawks ab, führte einen kräftigen Streich gegen die ungeschützten Beine des Angreifers.

Mit einem Schrei des Schmerzes und des Zorns packte der rote Krieger mit beiden Händen Arnes Schild, mit einem kräftigen Stoß schleuderte er seinen Gegner krachend zu Boden. Er humpelte heran, seinem Feind, der hilflos am Boden lag, die tödlichen Schläge zu versetzen. Arne, an seinen Schild gefesselt, auf dem er lag, hakte einen Fuß hinter des Angreifers Ferse, mit dem anderen Fuß trat er gegen dessen Knie. Den Hieb des Tomahawks konnte er im letzten Augenblick verhindern.

Arne tat, nachdem der Krieger am Boden lag, was notwendig war. Machte er sich der Grausamkeit schuldig? War es ein Akt der Gnade? Mit seinen verletzten Beinen wäre der Krieger als Gefangener unsäglicher Marter ausgeliefert gewesen. „Mögen die roten Götter die Seele eines tapferen Helden zu sich nehmen", flüsterte Arne.

Der Tag neigte sich seinem Ende, der Sieg war errungen. Doch Freude konnte sich nicht einstellen. Die Kampfeslust war vergangen, viele Freunde und Verwandte waren gefallen. Frauen, zu Witwen geworden, weinten in den Trümmern des verbrannten Dorfes, durch das verzwei-

felte Waisenkinder irrten und nach ihren Eltern Ausschau hielten. Arne war erschüttert über das Elend, das so rasch über diese Menschen hereingebrochen war.

Was geschah inzwischen im weit entfernten Thule jenseits des großen unbekannten Ozeans? Oft saßen Aleta und Prinz Eisenherz beisammen, sie sprachen wenig, jeder hing seinen Gedanken nach. Vielleicht zum hundertsten mal lüftete Aleta Arnes Kleidung und räumte sein Zimmer auf. Und Prinz Eisenherz, wenn er seine Pflichten als Thronfolger erledigt hatte, sattelte Arwak und ritt in die Berge, von Arnes altem Hund begleitet. Er mußte manchmal allein sein.

Nicht, daß sich Prinz Eisenherz um seinen Sohn sorgte. Hatte er ihm nicht gründlich das Waffenhandwerk beigebracht? Und hatte sich Arne nicht schon längst als tapferer und selbstbewußter junger Mann erwiesen? Aber er war noch so jung. Und er war so weit entfernt. „Du sorgst dich zu sehr", bemerkte Aguar, der weise alte König, „Arne kann auf sich selber aufpassen." „Wer sorgt sich um wen?" spottete Eisenherz, „er erlebt sicher die schönste Zeit seines Lebens und hat uns längst vergessen." „Welch ein Unsinn", warf Aleta

ein, „aber er weigert sich immer, warme Sachen anzuziehen, vielleicht hat er sich erkältet." Der König lächelte: „Keiner macht sich Sorgen, natürlich nicht. Warum macht ihr beide denn den ganzen Tag so betrübte Gesichter? Arne ist ein umsichtiger und geschickter junger Mann und Krieger."

Es brauchte sich auch niemand Sorgen zu machen. Der Krieg zwischen den beiden Stämmen war siegreich für Arnes Freunde zu Ende gegangen. Arne selbst war nur verletzt worden. Tillicum behandelte gerade seine Wunden. Die gefangenen Feinde wurden gemartert. Die nicht zimperlichen Wikinger wunderten sich, daß dieses freundliche Volk auch zu solchen Grausamkeiten fähig war. Besonders die Witwen ließen die Gefangenen spüren, welcher Verlust und welches Leid sie erfahren hatten. Auch die Weißhäute hatten Gefangene gemacht, die bei der Fertigstellung des Blockhauses helfen

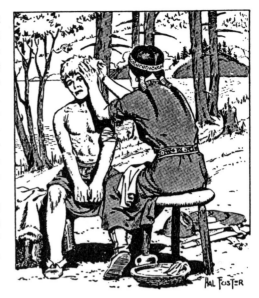

mußten. Sie halfen gern und arbeiteten schwer, hatten sie doch die Freiheit versprochen bekommen, wenn das Haus fertig geworden wäre. Und bald war es fertig. Doch nun wollte der Häuptling die Gefangenen nicht ziehen lassen. „Es sind unsere Feinde, und das sollen sie auch spüren." „Nein", Arne blieb standhaft, „wir haben ihnen die Freiheit versprochen. Es sollte bekannt sein, daß wir Nordmänner zu unserem Wort stehen. Im Krieg und im Frieden."

Die Gefangenen wurden zu der Stelle geleitet, an der sie gelandet waren. Signale wurden mit dem jenseitigen Ufer gewechselt, Kanus näherten sich von dort, legten an. Arne sprach: „Laßt euer Volk wissen, daß wir unser Wort nicht brechen. Wir sind freundlich im Frieden, schrecklich im Kampf. Laßt uns nicht noch mehr Blut vergießen."

Das Blockhaus mußte jetzt eingerichtet werden mit Stühlen, Bänken und Tischen, mit Schlafstätten und Vorrichtungen zum Wäschetrocknen, alles solide und schlicht. Während des langen Winters würden dann die Wikinger ihre Zeit nutzen, alles mit kunstvollem Schnitzwerk zu verzieren — so wie sie es in ihrer Heimat taten.

Bei einem Abendessen mit seinen Nordmännern ergriff Arne das Wort: „Unsere Lagerräume sind noch leer, sie müssen gefüllt werden. Nicht nur für den Winter, der in diesem Land sehr lange dauert, wir müssen auch Vorräte für unsere Heimreise anlegen. Unsere einheimischen Freunde werden uns mit ihrem Rat helfen, wo und wie wir Nahrungsmittel beschaffen können."

Die Forellen im See hatten sich aus den ufernahen Gewässern in die kühleren Tiefen zurückgezogen, unerreichbar für die rothäutigen Fischer. Aber nicht für die Wikinger, die mit ihren Schleppnetzen vom Grund des Sees die Fische heraufholten, Tausende von Fischen wurden täglich angelandet. Das Räucherhaus war Tag und Nacht in Betrieb, langsam füllten sich die Vorratskammern. Die Rothäute wunderten sich über die Weißen, die im Sommer so viel arbeiten mußten. Statt ein bequemes Leben zu führen, hamsterten sie Lebensmittel. Warum begnügten sie sich nicht wie sie mit den Blaubeeren, die die Squaws aus dem Wald heimbrachten, und den Fischen, die leicht in Ufernähe zu fangen waren?

Nicht nur ein Vorrat an Räucherfisch wurde angelegt. Andere Fische wurden aufgeschnitten, ausgenommen, in eine Lake gelegt und dann in der Sonne getrocknet.

Als der Sommer in den Herbst überging, versammelten sich die Enten in immer größer werdenden Scharen. Jetzt wurden die Fischnetze zum Fallenstellen benutzt. Mit Ködern wurden die Enten immer tiefer in die Falle gelockt.

Nach dem ersten Nachtfrost wurde es Zeit, den wilden Reis zu ernten. Die Boote fuhren in das Flachwasser, mit einem Stock wurden die Halme büschelweise über den Rand ins Boot gedrückt, mit einem anderen Stock wurde auf die Garben eingeschlagen, die Reiskörner prasselten ins Boot. Die Wikinger leisteten gründliche Arbeit. Der Häuptling mußte eine Versammlung einberufen. „Ihr sammelt zu große Vorräte an", rügte er, „von unseren Jagd- und Fischgründen nehmt ihr, was unser Volk brauchen wird, um durch den Winter zu kommen. Das Volk murrt."

„Das ist schlimm", Arne war in Sorge, „die Rothäute werden es nicht stillschweigend dulden, wenn sie Hunger leiden müssen, wenn wir Überfluß haben." Tillicum und Gundar Harl sagten kein Wort. Wenn Arne der Anführer war, so mußte er selbst einen Weg aus dieser mißlichen Lage finden. Und Arne verstand ihr Verhalten, ihr Vertrauen durfte er nicht enttäuschen. Er mußte einen Weg finden. Arne dachte nach.

Arne inspizierte das Warenlager. Da gab es mehr als genug, um seine Pläne Wirklichkeit werden zu lassen. Bei dem weisen Häuptling suchte er Rat. Der wurde ihm auch zuteil: „Jenseits der Fälle des großen Manitu ist das Land der Huronen, mit ihnen magst du Handel treiben, unsere Stämme leben in Frieden miteinander."

Am nächsten Tag wurden die Kanus und die Handelswaren den langen Weg bis oberhalb der Niagarafälle getragen. Dann endlich konnten die Boote wieder zu Wasser gelassen werden. Tage unermüdlichen Ruderns lagen vor den Männern.

Die Huronen empfingen die Fremden mit Vorsicht — und mit schußbereiten Waffen. Sie hatten bereits vernommen, wie diese schrecklichen bleichhaarigen Krieger in ihren glänzenden Eisenkleidern den Angriff der Irokesen abgeschlagen hatten, welche Opfer unter den roten Kriegern ihre Kriegskunst gefordert hatte.

Arne hatte seine Festrobe angelegt, hob die Hand zum Friedenszeichen. Nach der Begrüßungszeremonie breitete er seine Waren aus: Äxte, Messer, Speer- und Pfeilspitzen aus Eisen, Stoffe in leuchtenden Farben, Bernsteinketten.

Nach vielen Tagen des Feilschens und des Feierns waren die Kanus vollbeladen mit Hirse, Ahornzucker, Trockenfrüchten und Beeren, Honig und zerstampftem Dörrfleisch, das die Rothäute Pemmikan nannten. Ein Treffpunkt für weitere Handelsgeschäfte war vereinbart. Die Rückreise ins Dorf konnte beginnen.

Arne führte seine Männer noch einmal zu den Huronen jenseits der Niagarafälle. Diesmal waren sie noch schwerer beladen auf der Hinreise — und auch auf dem Rückweg.

Neidvoll blickten die Rothäute auf die weißen Männer, deren Lager sich immer mehr mit Vorräten füllte. Von einem solchen Reichtum an Lebensmitteln hatten sie bisher noch nicht einmal geträumt. Der alte Häuptling näherte sich, bat seine Freunde zu einem Gespräch.

Er erzählte: „Wir, die Algonkins, sind ein armer und schwacher Stamm. Die Huronen begrenzen im Sonnenuntergang und die Ottawas im Sonnenaufgang unsere Jagdgründe. Im Frühling sind wir schawch vor Hunger, und unsere Feinde jenseits des Stromes, die Irokesen, überfallen uns, unser Stamm schwindet langsam. Bald wird unser Volk verschwunden sein." „Nein!" erklärte Arne, eingedenk seiner Mutter Prophezeiung. Wieder wurden die Netze in den See gesenkt, dessen Vorräte unerschöpflich waren. Die Rothäute begannen, Fische zu räuchern. Als ihr Lager an Winterproviant immer größer wurde, sorgte sich der Häuptling: „Wenn das die Irokesen erfahren, werden sie uns überfallen, unsere Vorräte stehlen, viele unseres Volkes werden sterben."

„Die Irokesen werden nicht angreifen, so lange wir Wikinger hier sind", sagte Gundar Harl zum Häuptling, „und wenn wir euch verlassen, dann werdet ihr geübte Krieger haben, die unseren Platz einnehmen können." Dann ließ er die roten Krieger antreten, unterrichtete sie in Kriegsführung.

Arne legte sein Panzerhemd an, stülpte sich seinen Helm auf, überquerte mit seinem Kanu den Strom. Am Irokesenufer ließ er so lange sein Horn erschallen, bis zwei erstaunte Krieger sich zeigten. Sie hatten Angst vor dem Bleichgesicht, aber Arne bedeutete ihnen, näher zu kommen. Er legte seine Handelswaren aus und bestimmte den Preis dafür: für drei eiserne Angelhaken ein Reh, für die Axt einen Elch, für die Bernsteinkette Pemmikan im Gewicht eines Menschen.

Die Krieger gingen zur Jagd und hielten ihre Familien zur Arbeit an. Die Kinder zerlegten das Wild, die Frauen zerstampften das Dörrfleisch zu Pemmikan.

Dem Irokesenhäuptling kam zu Ohren, daß in der Gegend des großen Wasserfalls das Wild spärlich geworden war. Er verdächtigte die Algonkins, in fremden Jagdgründen zu wildern. Er schickte Späher aus.

Die Späher entdeckten, daß ihre eigenen Leute auf ein kleines Felseneiland ihre Jagdbeute brachten, die von den Weißhäuten abgeholt wurde, die im Tausch ihre Waren dort ließen. Die irokesischen Schmuggler wurden vor ihren Häuptling gebracht. Ein grausamer Martertod schien ihnen sicher, hatten sie doch vom Reichtum des Stammes gestohlen, um Handel mit den Feinden zu treiben. Die beiden konnten sich geschickt herausreden: „Lockt die weißen Krieger weg, dann überfallen wir ihre Lager, und alle Vorräte und alle Waren gehören uns."

Gundar Harl machte aus den roten Einzelkämpfern eine Truppe, die in der erfolgreichen Art römischer Sodaten kämpfen konnte. Zuerst waren alle mit Eifer bei der Sache, dann langweilten sie sich, einige verließen die Truppe. Gundar Harl befahl ein Scheingefecht mit Knüppeln. Seine geübten Krieger bereiteten der Schar der Einzelkämpfer eine beulenreiche Niederlage. Jetzt war das Ansehen der Truppe gefestigt. Sie bezog ein eigenes Langhaus als Winterquartier, ihre Mitglieder erhielten Wolfskappen. Viele Krieger wollten nun der erfolgreichen Truppe beitreten, aber nur die tapfersten wurden aufgenommen.

Schon von weitem sah Arne die Säcke mit Pemmikan auf dem Felsen liegen. Diese Art des Handels mußte bald aufhören, erste Eisschollen zeigten sich, Treibeis würde folgen, das Passieren des Stroms verhindern. Bisher hatte sich der ehrliche Handel gelohnt, doch diesmal waren die Säcke mit Pemmikan kleiner — und schwerer. Sand und Steine waren beigemischt, das Gewicht zu erhöhen, die weißen Händler zu täuschen.

Im nahen Wald versteckt, beobachteten die wütenden Irokesen die Abfahrt der Weißen, die das Pemmikan verschmäht hatten und keine Tauschwaren daließen. In ihrer Überheblichkeit verfluchten die Irokesen die gemeinen Algonkins und die Weißhäute.

Es wurde Zeit, das große Segelschiff zum Überwintern auf den Strand zu setzen. Arne kletterte auf den Mast, die Takelage zu lösen. In der klaren kalten Luft konnte er meilenweit sehen. Und als er die Ufer entlang blickte, entdeckte er in weiter Ferne das Aufblitzen von Lichtern — wie die Reflexe des Sonnenlichts in den Speerspitzen einer marschierenden Armee. Der Prinz suchte Tillicum auf.

„Und als die Sonne sich hinter den Hügeln versteckte, waren keine Lichtblitze mehr zu sehen." „Sonnenlicht auf nassen Paddeln", sagte Tillicum, „die Irokesen versammeln sich."

In dieser Nacht wurden zwei Versammlungen abgehalten. Im Lager der Irokesen beschloß der Kriegsrat, oberhalb der Niagarafälle ein Täuschungsmanöver durchzuführen, um die schrecklichen weißen Krieger dorthin zu locken, dann das Dorf der Algonkins zu überfallen. Auf der anderen Versammlung sagte Gundar Harl: „Wir wissen, daß viele Kanus versuchen werden, unbemerkt zu landen. Ich bin überzeugt, der Hauptangriff wird gegenüber der Flußmündung durchgeführt werden."

Am nächsten Tag sammelten sich unzählige Kanus oberhalb der großen Wasserfälle, ohne den Versuch zu machen, sich zu tarnen. Waren die Irokesen sich ihres Sieges sicher?

Im Morgengrauen erreichte Arne mit zehn Wikingern und dreißig roten Kriegern das Ufer oberhalb der Wasserfälle. Mit sich führten die Männer drei Wurfmachinen aus Thule und viele Bündel mit Speeren. Jetzt stießen die feindlichen Kanus vom anderen Ufer ab, die Krieger schrien und drohten, hielten sich aber außerhalb der Reichweite von Pfeil und Bogen.

Aber sie waren nicht außerhalb der Reichweite der Wurfmaschinen. Die schweren Speere zischten über den Fluß, trafen in das dichtgedrängte Rudel der Boote. Wenige Krieger wurden verwundet, aber die Zerstörungen an den Kanus waren verheerend, sie wurden leckgeschlagen, nahmen Wasser auf, die starke Strömung trug sie schnell auf die Wasserfälle zu. Die Irokesen suchten Rettung in heilloser Flucht.

Arne und seine Männer verließen die Maschinen, rannten im Eilmarsch zurück ins Dorf. Noch zwei Stunden. Sie hofften, daß sie nicht zu spät kommen würden.

Wie erwartet, wurde der Hauptangriff gegen das Dorf geführt. Als die Irokesen sich dem Ufer näherten, wurden sie mit einem Hagel von Pfeilen empfangen. An Land konnten die Algonkins kaum der wilden Grausamkeit ihrer Feinde standhalten. Der Häuptling übergab das Kommando an Gundar. Der gab der Truppe der Wolfskrieger seine Befehle. Schritt für Schritt marschierten sie hinter ihrem Schildwall vorwärts — in bester römischer Manier. Ihre Äxte schwangen sie auf und nieder. Zwischen den Schilden blitzten aus der zweiten Reihe die Speerspitzen hervor. Das Kriegsglück wendete sich den Algonkins zu. Als endlich Arne mit seinen Männern das Schlachtfeld betrat, hatte sich Panik der Angreifer bemächtigt. Die Wikinger konnten es nicht abwarten, in den Kampf einzugreifen. Arne befahl: „Nein! Laßt die Algonkins ohne Hilfe siegen. Es bedeutet für sie den Wendepunkt ihres Geschickes."

Gundar mußte die Wolfskrieger zurückhalten, die die flüchtenden Feinde verfolgen wollten: „Bleibt in Reih und Glied, falls ein Gegenangriff erfolgt. Die Fliehenden abzuschlachten überläßt weniger Tapferen!" Die entkommen waren, sahen vom anderen Ufer die Siegesfeier, sie hörten die Trommeln und das Schreien der Gefangenen. Am Morgen befahl der Häuptling der Algonkins, die gefallenen Feinde in ihre Kanus zu legen, auf den Fluß zu stoßen.

Ein Westwind hatte die Kanus zum Ontariosee ins Land der Ottawas getrieben. Der Anblick so vieler friedlicher Irokesen brachte sie zu der Überlegung, ob sie vielleicht die unscheinbaren Algonkins unterschätzt hätten. Ihr Häuptling beschloß, sich bei einem Besuch zu überzeugen. Und er überzeugte sich: seine Gäste hatten gelernt, in der schrecklichen Art der Bleichgesichter zu kämpfen. Er gab die Jagdgründe zurück, die sich die Ottawas von den Algonkins angeeignet hatten — und war froh, nicht mehr abgeben zu müssen. Auch der Häuptling der Huronen hatte vom überraschenden Sieg über die gefürchteten Irokesen gehört. Trotz der schneidenden Kälte kam auch er zu einem Besuch. Zu seinem Empfang führten die Wolfskrieger einige Übungen vor. Arne überreichte ihm eine Bernsteinkette.

Tillicum beobachtete diese Szene. Sie hörte, wie Arne sagte: „Wir wollen Gaben des Friedens austauschen. Diese Kette aus glänzendem Bernstein bedeutet Frieden. Aber wie kannst du diese Kette in Frieden tragen, wenn dein Stamm mit Gewalt so viele Wälder und Flüsse der Algonkins besetzt hält?" Als Zeichen des Friedens erhielten nun die Algonkins auch von den Huronen Jagd- und Fischgründe zurück, sie waren nicht mehr länger auf engem Gebiet zusammengedrängt. Der Weg in den wildreichen Norden war offen, viele Familien gingen auf die Reise in eine neue Heimat, so lange die Flüsse noch nicht zugefroren waren.

An einer Wand des Blockhauses errichteten die Wikinger einen Anbau, um Feuerholz und Vorräte unterzubringen. Vor allem aber, um dem Braumeister einen Raum zu geben, Met zu brauen. Wie sollte ein wagemutiger Wikinger denn ohne Met einen langen Winter aushalten können?

Jeden Tag wurde das Eis auf den Seen und Sumpfwiesen dicker, man konnte sie ohne Gefahr überqueren, die Flüsse waren wie glatte Straßen. Dank der vielen Jäger, die in den nördlichen Gebieten zur Pirsch gingen, gab es viele Vorräte für den Winter. Schnee fiel, bedeckte Wiesen und Wälder mit dem weißen Tuch der Stille. Oft kehrte Arne mit seiner Landkarte aus Leder von seinen Erkundungen zurück.

Langsam und sorgfältig, Zentimeter um Zentimeter, zeichnete Arne die Einzelheiten des neuen Weges zum Meer in seine Karte. Zuerst die Großen Seen, im Osten die Felseninsel, zwei Tage mit dem Kanu stromabwärts mündete ein Fluß aus dem Süden. Arne achtete auf Entfernungen und Himmelsrichtungen. Jetzt wurde das alte Logbuch, das Gundar Harl so achtsam hütete, hervorgeholt. Sie hatten nur ein einfaches Navigationsinstrument. Der Schatten, den die Sonne am Mittag warf, zeigte den Breitengrad an. Wenn nun Gundar Harl den Seeweg nach Süden nahm und Arne die neue Route, so mußten

sie sich treffen — auf dem errechneten Breitengrad.

Prinz Arne hatte sich in den vergangenen Monaten verändert. Er war verantwortlich für das Wohlergehen seiner Wikinger. Mit dem Häuptling sprach er, Tillicum und Gundar Harl waren seine Ratgeber. Hatha fühlte sich aus diesem Kreis ausgeschlossen. Arne war sein Jugendfreund, bis der Ernst des Lebens den Spielen der Knaben ein Ende gesetzt hatte.

Hatha sehnte sich nach seiner alten Freundschaft, mied die Gesellschaft der roten Jünglinge, ging allein zur Jagd. Seine Mutter Tillicum beobachtete die einsame Gestalt. Sie wußte um seinen Kummer, sagte aber nichts. Er hatte erwachsen zu werden, seine Probleme allein zu lösen.

Tief im Wald kreuzten Spuren von Schneeschuhen Hathas Weg. Er las die Spuren: kleine Schneeschuhe, die nur leichte Eindrücke hinterlassen hatten, vielleicht ein Kind, das durch den Winterwald strolchte...

... um Kaninchen zu fangen. Er fand einige Fallen an den Wegen, die die Tiere entlang hoppelten. Plötzlich ein Schrei! Ein Schrei aus tiefer Angst. Hatha hastete vorwärts.

Auf einer schlanken Birke schwang ein Kind, ein Bär versuchte es zu ergreifen. Die Spuren im Schnee erzählten die Geschichte: Das Kind hatte beim Fallenstellen einen Bär in seinem Winterschlaf gestört. Der Bär, obwohl noch vom Schlaf benommen, war deswegen nicht gerade freundlich. Hatha schoß ihm einen Pfeil in seinen Pelz. Der Bär drehte sich zu dem neuen Ärgernis um. Bevor er herab geklettert war, trafen ihn noch zwei Pfeile. Hatha stützte seinen Speer auf den Boden, kniete sich auf das Ende der Waffe.

Das riesige Tier stürmte auf seinen Feind los, um ihn zu zerreißen, zu zerfetzen, zu töten. Jetzt stand der Bär vor Hatha, hatte sich in rasendem Lauf aufgerichtet, hob die Tatzen ...

... und stürzte auf den Speer. Durch sein Gewicht und die Gewalt des Angriffs bohrte sich die Waffe tief in des Bären Brust. Hatha schwang das andere Ende hoch, warf so den Bären auf den Rücken, stieß nochmals zu, traf das Tier tief ins Herz.

Erschöpft und vor Kälte erstarrt, hatte das Kind nur noch Kraft, sich von seinem schwankenden Sitz hinüber zu Hatha zu beugen, der auf der Fichte stand und seine Hand ausstreckte.

Behutsam brachte Hatha das Kind nach unten, das sich kaum auf den Beinen halten konnte. Er nahm es in seine Arme. Verwirrt stammelte er: „Das... das... das ist ja — ein Mädchen!"

Sie war nun seinem Schutz anheimgegeben. Geschickt schnitt Hatha den Bären auf, löste das Fell vom Körper und hüllte das Mädchen in den warmen Pelz. Er brachte sie dann in die Winterhöhle des Bären und entfachte ein Feuer. Er fühlte sich tüchtig und sehr männlich. Man weiß ja, daß Mädchen solche Gefühle auszulösen vermögen. „Der Bär hat uns gut versorgt", sprach er zu dem Mädchen, „er hat uns seine Unterkunft gegeben, dir einen wärmenden Pelz, und seinen Schinken werden wir essen."

Bisher hatte Hatha noch nicht viel mit Mädchen zu tun gehabt. Aber jetzt fand er es nett, ein Mädchen in seiner Nähe zu haben, die ihn mit glänzenden Augen anblickte, Zeugin war seiner männlichen Taten. Daß er allerdings so tapfer und so stark war, erfuhr er erst, als das Mädchen ihren Eltern von dem bestandenen Abenteuer erzählte. Hatha nahm ihre Dankbarkeit mit schicklicher Bescheidenheit entgegen.

Eine Woche verging. Hatha sah manchmal das Mädchen im Dorf — aber immer nur aus einer gewissen Entfernung. Ihr Name war Sternenlicht, und sie schien sehr scheu. Aber nicht so scheu, ihn nicht einzuladen, mit ihr in den Wald zu gehen und die Fallen zu kontrollieren. Immer bestrebt, alles zu lernen über die Lebensweise des Volkes seiner Mutter, half Hatha dem Mädchen, das Fell der Kaninchen in lange Streifen zu schneiden, die aufgewickelt wurden, um daraus warme Unterwäsche zu weben. Hatha hatte bei dieser unschuldigen Arbeit keine argen Gedanken.

Nicht so die anderen Jünglinge. Einer Squaw bei der Arbeit zu helfen war unmännlich, sie hänselten Hatha, nannten ihn einen Stubenhocker, ein Mädchen ohne Zöpfe. Das war falsch, Boltars Sohn ließ sich das nicht gefallen. Und Sternenlicht, nicht mehr das schüchterne Mädchen, kam herangestürmt, ihre Augen sprühten Feuer. Den Speer warf sie Hatha zu, den Tomahawk ihres Vaters schwang sie in der Hand, fauchte, jeden umzubringen, der ihren Freund belästigte.

Bis jetzt war Hatha zu jedem freundlich, und jeder war zu ihm freundlich gewesen. Dann hatte er ein Mädchen getroffen — und alles war anders geworden. „Mädchen!" flüsterte er. (Hal Foster versichert an dieser Stelle, daß er aus zuverlässiger Quelle erfahren habe, daß sich solche Geschichten immer wieder ereignet hätten — seit Anbeginn der Zeiten; Christiane und Eberhard versichern hiermit, daß Hal Foster sich nicht geirrt hat.)

Eine Romanze hatte begonnen. Aber Hatha verstand nichts von Romanzen. Er war erst zwölf Jahre alt, und Sternenlicht war das erste Mädchen, das er beachtete. Dieses Mädchen, daran gab es keinen Zweifel, würde seine Entwicklung fördern. Hatha fühlte sich einsamer als je zuvor. Jetzt hatte er nur noch einen Menschen, der ihn verstand: das Mädchen Sternenlicht.

Eines Tages überreichte Sternenlicht ihrem Freund das Unterhemd, das sie aus den Streifen der Kaninchenfelle gewebt hatte. Hatha war entzückt. Er gab ihr sein eisernes Messer, das sie schon immer bewundert hatte. Die Eltern des Mädchens luden den Jüngling zu einer Feier ein. Jetzt war der arglose Hatha überrascht, als er erfuhr, daß er als Schwiegersohn willkommen wäre. Jetzt hatte er gelernt, daß der Austausch von Geschenken zwischen einem Mädchen und einem Jungen als Verlobung galt.

Hatha eilte zu seiner Mutter: „Ich bin ein Wikinger, und deshalb bin ich nicht an die Bräuche dieses Volkes hier gebunden." „Aber ich bin eine Algonkin", erklärte Tillicum, „und in unserem Volk gehören die Kinder zur Mutter, ihre Abstammung zählt nach der mütterlichen, nicht nach der väterlichen Linie."

Prinz Arne fühlte sich für Hathas Nöte verantwortlich. „Ich war zu sehr mit anderen Dingen beschäftigt und habe unsere Freundschaft vernachlässigt. Ich muß Hatha aus diesen Problemen befreien — ohne die Algonkins zu kränken." Er ging mit Hatha zur Jagd, unterwegs besprachen die beiden Freunde Hathas Sorgen. Es wäre leicht gewesen, die Hand Sternenlichts zu verschmähen — aber sie durften nicht gegen die Bräuche und die Ehre ihrer Gastgeber verstoßen.

Der Frühling war nicht mehr weit, die Kanus und allerlei Gerät mußten für die große Entdeckungsreise vorbereitet werden. Hatha hatte soviel Arbeit und Verantwortung zu übernehmen, daß er sich kaum mit anderen Dingen beschäftigen konnte. Auch Gundar Harls großes Schiff wurde hergerichtet. Ein Damm wurde gebaut, es vor Hochwasser und Treibeis zu schützen.

Prinz Arnes fünfzehnter Geburtstag war Anlaß zu einem großen Fest, zu dem auch die Algonkins eingeladen wurden. Bei dieser Gelegenheit schworen die Nordmänner, gerüstet und bewaffnet, ihrem Prinzen den Treueeid. Auch Hatha schwor, seinem Prinzen immer zu folgen. Das erfreute nicht Graufuchs, Sternenlichts Vater. Er rief zu einer Familienversammlung. Dort sprach er: „Hathas Eid gefällt mir nicht. Der Junge hat nur eine Pflicht: meine Tochter zu heiraten, sobald er sechzehn Jahre zählt. Er ist eine Ehre für unsere Familien, er ist unseres Häuptlings Enkel, vielleicht führt er später unser Volk. Außerdem ist er reich an Handelswaren, wie die Weißhäute es nennen."

Graufuchs forderte auf: „Sagt es allen, die hören wollen: Die Ehre unseres Volkes wird in den Staub getreten, wenn Hatha sich weigern sollte, die überlieferten Gesetze unseres Volkes zu achten. Weist darauf hin, daß daraus Verdruß und Scherereien entstehen werden." Dann suchte Graufuchs Prinz Arne auf. „Hatha, mein künftiger Schwiegersohn, hat geschworen, dir und deinen Befehlen zu folgen. So befiel ihm, seine Pflichten in Übereinstimmung mit den alten Gesetzen zu erfüllen. Sonst werden Schwierigkeiten die Folge sein."

Arne schickte Tillicum zum Häuptling, den er bat, eine große Versammlung einzuberufen, auf der Graufuchs seine Klagen vorbringen sollte. Graufuchs war ein geübter Redner. Er sprach von der Weisheit der Vorväter, deren Geister Unglück bringen würden, wenn die alten Pfade der Überlieferung verlassen würden. Dann ergriff Arne das Wort.

„Aus Graufuchs' Mund kam viel Wind. Seine leeren Worte sollen euch verführern, ihm auf die alten Pfade zu folgen. Haben die Geister der Vorväter verhindert, daß euch die Huronen und Ottawas die Jagdgründe geraubt hatten? Haben die alten Pfade verhindert, daß die Irokesen eure Frauen und Kinder in die Sklaverei verschleppten? Euer großer Häuptling führt euch in eine glänzende Zukunft. Graufuchs will euch in den Schatten der Vergangenheit zerren." Aber Graufuchs blieb hartnäckig, sein Stolz machte ihn verwegen: „Du kannst nur Hatha befehlen, daß er meine Tochter als seine Verlobte anerkennt. Deine Männer kämpfen zwar gut, aber es sind zu wenige, einem ganzen Volk zu widerstehen, dessen überlieferte Gesetze bedroht sind." „Und wirst du unsere Gesetze achten?" fragte Arne ruhig, „Hatha ist der Sohn von Boltar, einem Seekönig und großen Krieger. Er wird eine angemessene Mitgift verlangen. Sternenlicht hat vor ihm zu erscheinen, dann wird er prüfen, ob sie gut genug für seinen Sohn ist." Und Arne malte mit Worten ein Bild Boltars und seiner Berserker. „Hüte dich vor seinem Zorn, der schrecklich sein wird, wenn er erfährt, daß ein Schlaufuchs seinen unschuldigen Sohn überlisten will."

Graufuchs war froh, als Arne endlich aufhörte, die Schrecken zu schildern, die von Hathas Vater drohten. Mit einer vornehmen Geste versuchte er sich der Drohung zu entwinden. In einer feierlichen Aussprache versicherte er, daß seiner Familie Ehre gelitten hätte, aber zum Wohle des Volkes wollte er sich einverstanden erklären, daß die Verlobung gelöst wäre — auch wenn seiner Tochter Herz vor Schmerz gebrochen wäre. Die Geschenke wurden zurückgegeben. Sternenlicht schenkte ihrem Freund ein scheues Lächeln.

Jeden Tag stieg die Sonne höher am Himmel hinauf, der Schnee schmolz. Noch waren die Flüsse gefroren, viele Jäger und Fallensteller kehrten in ihre Dörfer zurück. Sie hatten für die Weißhäute viele Pelze erbeutet. So begann in der Neuen Welt der Pelzhandel.

Die Wikinger trafen Reisevorbereitungen. Das Segelschiff wurde gescheuert und kalfatert, geteert und bemalt. Eingedenk der Gefahren der letzten Reise, verlangte Gundar sorgfältige Arbeit bis in alle Einzelheiten.

Je näher die Abreise heranrückte, desto öfter lag Arne nachts wach, fragte sich, ob er seiner Mutter Prophezeiung erfüllt hatte. Manchmal erschien sie ihm im Traum, wie sie vor fünfzehn Jahren die Neue Welt verlassen hatte. Ihr Goldhaar wie Sonnenschein, ihre grauen Augen wie Regen, von den Algonkins als Sonnengöttin und Erntebringerin verehrt. Ihr Versprechen war, daß ihr Erstgeborener zurückkommen würde, den Menschen Größe zu bringen.

Was war erreicht? Die Algonkins hatten viel gelernt. Würden sie auf die alten ausgetretenen Pfade zurückkehren, wieder Opfer der mächtigen Nachbarn werden? Die Wolfskrieger mit ihren Schilden kämpften wie römische Soldaten, sie waren unbesiegbar, und ihr Ruhm hatte sich überall verbreitet. Sie gaben ihrem Volk Sicherheit.

Die Algonkins hatten gelernt, aus der reichen Beute des Herbstes genug Vorräte für den Winter anzulegen. Hunger war keine Plage mehr, Entbehrung und Not waren überwunden.

Die Huronen hatten die Jagdgründe des Stammes verlassen, waren westwärts bis zu dem See gezogen, der heute ihren Namen trägt. Aus Furcht, daß die Algonkins Rache nehmen könnten für die vielen Leiden, die sie erdulden mußten, schlossen sie ein Bündnis mit den Irokesen.

Die Flüsse waren wieder mit Kanus zu befahren. Auch Gundar Harls Segelschiff war schon zu Wasser gelassen worden. Arne, Tillicum und Hatha sahen, wie eine Flottille der Ottawas ankam, am Ufer anlegte. Die Häuptlinge aus dem Norden und Osten grüßten mit dem Friedenszeichen. Sie baten um ein Bündnis mit den Algonkins, gelobten Frieden und Freundschaft. Die Stämme verbrüderten sich. Das war die Geburtsstunde der glorreichen Nation der Algonkins. „Ein kleiner Stamm, vom Aussterben bedroht, hat in diesem einen Jahr zu seiner Größe gefunden. Viele andere Stämme werden sich nun zu einer machtvollen Na-

tion zusammenschließen", bemerkte Arne stolz.

Günstiger Wind kam auf, Gundar Harl ließ Segel setzen. Viele Passagiere waren an Bord. Welcher Häuptling wollte es sich nehmen lassen, eine Reise mit dem großen Flügelkanu zu machen? Der Häuptling der Ottawas wies den Weg, die tausend Inseln im Strom wurden passiert. Das Schiff trieb die Stromschnellen hinab, das Hochwasser des Frühlings hatte den Fluß gut gefüllt, die gefährlichen Felsen lagen tief unter der sprudelnden Oberfläche.

Auf dem Versammlungs- und Handelsplatz der Felseninsel wurde ein Fest gefeiert. Hier trennten sich die Wege. Von vielen Stämmen waren hier Männer versammelt. Arne suchte einen Führer für die lange Kanufahrt zum Meer. Tillicums Vater, nun ein mächtiger Häuptling einer Nation im Aufbruch, warb für Bündnisse mit den Algonkins. Die Mohikaner waren bereit, die Mohawks neigten mehr zu den kriegerischen Irokesen. Beide Gruppen wollten auf der Route heimreisen, die sich auch Arne ausgesucht hatte.

Tillicum und ihr Vater wandelten im frischen Grün des Frühlings. Sie sprachen nicht viel miteinander. Beide wußten, daß dies ihr letzter Abschied war. Und wieder ging das Schiff auf Fahrt, dem Meer zu auf dem Fluß, der später St.-Lorenz-Strom heißen sollte. Arne war aufgeregt, er wählte die Männer aus, die mit ihm das Abenteuer zu bestehen hatten, das vor ihnen lag. Zwei Tage später warfen sie Anker in der Mündung des Flusses, der viele hundert Jahre später nach Richelieu benannt wurde. Hier sollten sie die Mohikaner treffen, die nach ihren Tauschgeschäften auf der Felseninsel als Führer dienen wollten. Es dauerte einige Tage, bis die Rothäute, die kein Gefühl für Termine hatten, eintrafen. Nicht nur die freundlichen Mohikaner trafen ein, auch die Mohawks. Beide Gruppen mißtrauten einander, Arne erklärte die Landkarte, die etwas neues für die Mohikaner war, aber sie erkannten bald den Weg. Manche meinten, die Reise würde zwei Monde dauern, andere sagten, die Blätter würden fallen, bis das Ziel erreicht wäre. Einig waren sie sich darin, daß dort, wo der Fluß ins Meer strömte, steile Klippen sich erhöben. Nun kannten Arne und Gundar ihren künftigen Treffpunkt.

Arne und Hatha waren geübte Kanufahrer geworden. Die anderen Wikinger besaßen keine Geschicklichkeit im Umgang mit den leichten Booten, sie fuhren kreuz und quer auf dem Fluß, bis einige der Mohikaner ihre Hilfe anboten. Mit Fachleuten an Bug und Heck, konnten nun die Weißhäute ihre Kräfte schonen. Mit jedem Tag wurde es deutlicher, daß sich die Mohawks absonderten. Bei einer Mittagsrast bei Erreichen der ersten Wasserfälle bestand Arne darauf, daß seine Männer ihre Schwerter und Helme trugen.

Arnes Erkundungstrupp erreichte den See, der heute Lake Champlain heißt, eingebettet zwischen zwei Bergzüge. Die Inseln lagen wie leuchtende Edelsteine mit ihrem frühlingsfrischem Grün im blauen Wasser. Die Mohawks suchten sich eine eigene Insel zum Lagern. „Bis hierher reicht das Land, das in einem Vertrag allen zugänglich ist", erklärte der Häuptling der Mohikaner, „von nun an sind wir im Gebiet der Mohawks. Ich befürchte Ärger." Im Morgendämmer lag das Lager der Mohawks verlassen. „Sie sind voraus", sagte der Häuptling, „das kann nur bedeuten, daß sie die Absicht haben, uns einen Hinterhalt zu legen."

Sie paddelten so schnell sie konnten. Gegen Mittg sahen sie das einzige Zeichen — Rauch von Lagerfeuern in weiter Entfernung. „Wir sind kein leichtes Spiel für sie", meinte Arne „sie können uns nur gefährlich werden, wenn wir anlegen."

Arne befürchtete, wenn andere Mohawks zu der Abteilung stießen, könnten sie einen Überfall wagen. „Laßt uns schnell die lange Strecke paddeln, bevor sich noch mehr von ihnen versammeln." Die kleine Flotte umruderte einen hohen Punkt, der heute Ticonderoga heißt, dann sahen sie eine Siedlung der Mohawks, am Ufer lagen zahlreiche Kanus. Arne gab ein Kommando, sie hielten auf die Landungsstelle zu. Diese Kühnheit freute die Wikinger, als sie ihrem jungen Anführer den Abhang hinauf folgten. Ihr selbstbewußtes und siegessicheres Grinsen verwirrte die Mohawks.

„Wir kommen in Frieden, und wir wollen wieder in Frieden gehen", sagte Arne dem Häuptling, „aber wir lieben auch den Kampf." Das Gesicht des Mohawks verfinsterte sich vor Zorn, als Arne weitersprach: „Die aus deinem Stamm, die überleben werden, werden wunderbare Geschichten über die schrecklichen Krieger mit der weißen Haut und dem bleichen Haar zu erzählen haben, die fürchterliche todbringende Waffen führten." Lotti Axtmann brach den Bann. Er schritt zu einer Gruppe der Krieger, schaute ihnen in die Augen, grinste, zuckte die Achseln, drehte sich um. Er sah ungefährlich aus, wie er fast liebevoll seine Streitaxt im Arm hielt. Auch die anderen Weißhäute schienen harmlos, in ihrer fremden Zunge sagten sie Lotti, was hinter ihm passierte. Als der Mohawk mit seinem Steinmesser ausholte, drehte sich Lotti blitzschnell um. Seine Axt blitzte in der Sonne, eine Adlerfeder wurde in der Mitte gespalten.

Dieser Zwischenfall hatte Arnes Gespräch mit dem Häuptling unterbrochen. „Lotti, das ist nicht die Art, sich Freunde zu schaffen!" ermahnte Arne. „Aber, Prinz Arne", verteidigte sich grinsend der Axtkämpfer, „er dachte nicht an Freundschaft, er dachte überhaupt nicht mit seinem einen Kopf. Zwei Köpfe sind besser als einer, sogar zwei halbe." Furcht packte die Mohawks. Unerschrocken waren die Bleichgesichter ins Lager marschiert, trotz der Übermacht von zehn roten Kriegern auf eine Weißhaut. Nichts konnte ihren schrecklichen blitzenden Waffen widerstehen. Selbst im Hinterkopf schienen sie noch Augen zu haben. Die Furcht wuchs.

„Ich habe dir gesagt, wir sind in Frieden gekommen", Arne wandte sich wieder dem Häuptling zu, „aber wenn ihr den Kampf wollt, dann laß nur einen Krieger einen Schritt vorwärts tun, wenn wir abziehen. Dann werden unsere schrecklichen Waffen den Blutdurst jedes leichtsinnigen Mannes stillen!"

War das nur ein Bluff? Keiner der eingeschüchterten Mohawks schien Lust zu haben, das herauszufinden. Arne führte seinen Trupp beim Rückzug am Liegeplatz der Kanus vorbei. Hier ein Stich mit dem Speer, da ein Axthieb, und es war gesichert, daß kein Mohawk ihnen folgen könnte.

Verwirrt starrten die Rothäute den

Bleichgesichtern hinterher — wie konnte man nur dem Tod ins Auge sehen und dabei lachen!

Wieder auf dem Fluß, deutete ein Mohikaner nach rechts: „In dieser Richtung liegt ein guter Landeplatz." Er meinte den heutigen Lake George. „Aber er liegt noch tiefer im Mohawkgebiet. Auf der linken Seite, wo der Wood Creek mündet, ist ein Platz von größerer Sicherheit, wenn sich nicht gerade Krieger auf dem Kriegspfad tummeln."

Eine Wohltat war es, nach dem stürmischen See nun auf einem ruhigen, gewundenem Fluß zu rudern. Mit dem Fortschreiten des Sommers sank der Wasserspiegel, aber die Führer versicherten, daß der Fluß genug Wasser führte. Arne und Hatha waren in ihrem leichten Kanu als erste an der Landestelle, die heute besiedelt ist und Fort Anne heißt. „Langsam", mahnte Hatha, „kürzlich sind hier viele Kanus gelandet, da sind frische Spuren von Booten und Füßen." Auch die Axthiebe an Bäumen und die Holzsplitter waren noch nicht alt. Die Asche eines Lagerfeuers, schon erkaltet, roch streng. „Drei oder vier Tage alt", vermutete Hatha, „es müssen Mohawks gewesen sein, wie sonst hätten sie unbehindert Ticonderoga passieren können?"

„Gibt es einen anderen Platz?" fragte Arne. „Ja, weit am Oberlauf. Der Weg dorthin ist schwierig, das Wasser seicht und durchzogen von Biberdämmen."

Das leichte Kanu übernahm die Führung, die Reise am ersten Tag war noch mühelos. Dann wurde der Fluß schmal, er strömte durch ein morastiges Flachland, Erlengebüsch am Ufer hielt den Wind ab. Moskitos bekämpften die Wikinger und die mit ihnen verbündeten Mohikaner.

Arne und Hatha waren die Vorhut, sie mußten Hindernisse beiseite räumen. Als am Ufer die Erlen den Pappeln wichen, begann das Gebiet der Biber. Drei Dämme mußten geöffnet werden. Das Wasser floß wieder ungehindert, die Kanus konnten die Fahrt fortsetzen. Mit aller Kraft paddelten die Männer, um so schnell wie möglich eine große Strecke zurückzulegen. Denn die fleißigen Nagetiere hatten schon begonnen, die Schäden an den Biberdämmen auszubessern.

Der Trupp erreichte endlich die Landestelle, von der ein Weg über das Gebirge führte. Es war ein Pfad, der im Winter benutzt wurde, wenn Flüsse, Seen und Sümpfe gefroren waren. Jetzt, im Sommer, bescherte dieser Weg den Männern unsägliche Schwierigkeiten. Endlich war die Anhöhe bezwungen. Hinter ihnen flossen alle Bäche und Flüsse nach Norden, dem großen Strom zu, der später seinen Namen nach dem heiligen Lorenz erhalten sollte. Vor den Männern mußte ein Fluß liegen, der nach Süden ins Meer strömte — so hofften sie. Das Land war so riesig, Arne beschlichen Zweifel, ob sie je Gundar Harls Segelschiff treffen könnten. Oft holte er seinen simplen Sextanten hervor. Wenn der Sonnenschatten die Markierung erreichte, dann müßten sie einander wieder begegnen. Aber noch war der Weg in den Süden sehr weit.

Gundar Harl segelte inzwischen an einer unbekannten Küste entlang — nach Süden, mußte auf dieser Fahrt manche Gefahr bestehen. Auch er hatte einen Sextanten, das Gegenstück zu Arnes Navigationsinstrument — und genau so primitiv. Ein Fehler von einer Haaresbreite würde vielleicht auf diese große Entfernung bedeuten, daß man einander um einige hundert Meilen verfehlte.

Auch im fernen Thule war man ängstlich. Boltar war einsam, seit seine Frau mit dem Sohn das große unbekannte Meer überquert hatte. In diesem Sommer hatte er keine Lust, auf Raubfahrt zu gehen. Prinz Eisenherz wäre am liebsten auf Camelot gewesen, wo ihn das muntere Treiben der Tafelrunde abgelenkt hätte. Er harrte aus, auf eine Nachricht von Arne hoffend.

Späher kamen von ihrer Erkundung zurück, meldeten Arne, daß Mohawks ihren Pfad gekreuzt hätten. Jetzt schien nichts mehr Arne und seinen Trupp aufhalten zu können. Am nächsten Tag erreichten sie den Fluß, der nach Süden strömte (heute heißt er Hudson River). Unterhalb der Wasserfälle ließen sie die Boote zu Wasser. Alle hofften, von der Strömung getragen, bald zum Meer zu gelangen. Sie waren überwältigt von diesem weiten Land, dessen riesige Seen und gewaltige Flüsse bis ans Ende der Erde zu reichen schienen. Sie passierten eine Flußmündung, ein roter Scout sagte: ,,Das ist der Mohawkfluß, die Grenze, hier beginnt das Land der Mohika-

ner." Das Ende der Entdeckungsfahrt war nahe. Hatha war sehr still. Der grandiose Fluß, die stillen Berge und die freien Wälder rührten ihn an. Sollte er im Land seiner Mutter bleiben?

Am Ufer erhoben sich die Felswände, der Ort des Treffpunkts, den sie aus den Berichten ihrer roten Führer kannten, jenseits funkelte das blaue Meer. Die Mohikaner verließen ihre Freunde, sie hatten Heimweh, kehrten zu ihren Dörfern zurück.

Arne und seine Wikinger errichteten auf der Seeseite einer großen Insel (viel später sollte sie Manhattan heißen) Unterkünfte und einen Wachturm. Die Tage fügten sich zu Wochen, Woche um Woche verging. Arne mußte die Männer beschäftigen, untätige Wikinger werden streitsüchtig. Auf den Sandbänken, die am Zugang vom Meer lagen, ließ er auf jeder Seite einen steinernen Turm errichten. Warum war Gundar Harls Schiff noch nicht in Sicht?

Tagelang war Gundar Harl die Küste entlanggesegelt, immer nach einem Zeichen der Freunde Ausschau haltend. Die Steintürme waren nicht zu übersehen, er fuhr in die Flußmündung ein, lauthals begrüßt.

Dann mußten alle ihre Erlebnisse erzählen, bevor man zur Heimreise rüsten konnte. Arne zeigte die Karte, die er gezeichnet hatte, Gundar berichtete von seiner Entdeckung: „Ein Sturm trieb uns von der Küste weg aufs offene Meer. Wir gerieten in eine starke Strömung aus dem Süden, das Wasser war warm."

Später wurde diese Strömung Golfstrom genannt. Gundar Harl wollte diesen Strom im Meer zur raschen

Heimreise nutzen. Diese Entdeckung war eine Herausforderung für wagemutige Männer. Man mußte die Wärme des Wassers messen, um nicht von starken Winden aus der Strömung getrieben zu werden, die allmählich nach Osten führte.

Während Gundar Harls Schiff, von der Strömung und günstigen Winden bewegt, Kurs nach Osten nahm, war Prinz Eisenherz mit Boltar zum Fischen gegangen. Sie versicherten sich, daß sie sich keine Sorgen um ihre Söhne machten. Sie waren sich auch darin einig, daß die jungen Leute leichtsinnig wären, sich herumtreiben würden, keine Rücksicht auf ihre Eltern nähmen. Vierzehn Monate waren sie jetzt schon unterwegs, und ihr Zuhause hätten sie sicher vergessen.

Die entdeckungsfreudigen Abenteurer umrundeten mit Gundar Harls Segelschiff die nördliche Spitze Irlands. Verglichen mit der langen und beschwerlichen Fahrt nach Westen in die Neue Welt war die Heimreise bisher schnell und ohne Beschwerden vonstatten gegangen. Wenn der Wind so anhielte, würden sie in wenigen Wochen zu Hause sein.

Zu Hause blieb Aleta nicht viel Zeit, sich zu sorgen. Prinz Eisenherz hatte sie vorsorglich mit einer großen Familie ausgestattet, um die sie sich kümmern mußte. Und während die Abenteurer die neblige Küste von Caledonien sahen, die Heimat der kriegerischen Pikten, wo sie keine Rast einlegen wollten, hatte Prinz Eisenherz, wie er glaubte, eine glänzende Idee. Den ganzen Sommer lang hatte er auf Wikingsholm ausgeharrt in Erwartung seines Sohnes. Er hatte den Aufenthalt auf Camelot versäumt — und drei große Turniere dort. Warum sollte er kein Wikingerturnier veranstalten, um den mächtigsten Meister im Kampfspiel zu ehren? Herolde wurde ausgeschickt, die Kämpfer einzuladen, ihre Kräfte und ihr Geschick im Wettstreit zu beweisen. Prinz Eisenherz freute sich schon darauf, die vornehme ritterliche Art nun auf Wikingsholm hoffähig zu machen.

Die Wikinger folgten dem Ruf, strömten in Scharen herbei. Sie brachten ihre Waffen mit, großen Durst und viel Prahlsucht. Jeder Wikinger war der Meinung, er wäre der Größte und Stärkste, und er erzählte das auch lauthals.

Beim großen Begrüßungsbankett waren der Wikingerkönig Aguar und Aleta, Königin der Nebelinseln, anwesend. So verlief das festliche Ereignis so still wie ein kleiner Krawall. Doch als die hohen Gastgeber die Tafel verlassen hatten, kreisten die Humpen mit Met und Bier schneller, die Vorfreude auf die Wettkämpfe wurde ohrenbetäubend.

Am Morgen verkündete Prinz Eisenherz die Regeln für das Turnier, die er aufgesetzt hatte. Es darf bezweifelt werden, daß ihm jemand zuhörte. Die Wikinger, kampfgehärtet in vielen Scharmützeln und Schlachten, kannten nur eine Art zu kämpfen: so lange auf den Gegner einzudreschen, bis er Ruhe gab. Mit Bedauern rollte Eisenherz die Regeln zusammen. Mit Entsetzen sah er dem Wettkampf zu. Dem Trompeter wurde befohlen, das Signal zum Rückzug zu blasen, das Ende des Spiels zu verkünden.

Doch ein Sprichwort der Wikinger lautet: „Verschieb es nicht auf morgen, wenn du's dem Feinde kannst besorgen!"

Obwohl nur stumpfe Waffen benutzt wurden, der Kampfgeist der Wikinger war scharf. König Aguar auf der Tribüne kratzte sich kummervoll den Bart. Die Zahl der Verletzten stieg von Minute zu Minute. Prinz Eisenherz befahl, die Tische mit Fleisch zu beladen, Bier und Met aufzufahren in Mengen. Dann schritt er furchtlos durch die Kämpfenden, auf der Schulter ein großes Gefäß mit Bier. Kein Wikinger hätte es gewagt, davon einen Tropfen zu vergeuden.

Das große Trinkgefäß mußte immer aufs neue gefüllt werden. Jetzt fanden es die Wikinger wichtiger, ihren Durst zu bekämpfen als ihre Gegner im Wettkampf. Prinz Eisenherz hatte keine Mühe, sie näher zu den Tischen zu bitten. Und bald hatte eine freundliche Stimmung gesiegt. Bedienstete brachten die Verlierer zum Verbandsplatz, die Stallburschen mit ihren Schaufeln brachten den Hof wieder in Ordnung.

Erschüttert betrachteten König Aguar und Prinz Eisenherz die vielen Verwundeten aus dem Freistil-Turnier. Aber den Siegern ging es auch nicht besser. Der nächste Morgen sah auch die Gewinner, die nun zu Boden gegangen waren. Vielleicht hatten sie zu viel gegessen — oder? Aber allen Kämpfern hatte es gefallen, am ersten ritterlichen Turnier auf Wikingsholm teilgenommen zu haben.

Zu dieser Zeit steuerte Gundar Harl geschickt sein großes Schiff an den Orkney-Inseln vorbei. Prinz Arne konnte jetzt die Zeit bis zur Ankunft zu Hause in Tagen messen — nicht mehr in Wochen und Monaten.

Verrat und Maskeraden

Niemand wußte, wie oft Aleta hier gesessen hatte, den Blick über den Fjord gerichtet, in weite Ferne blickend. Irgendwo im Westen weilte ihr Sohn. Keiner hätte zu sagen gewußt, warum sie nun der Meinung war, Arne müßte jeden Tag zurückkommen. Dort hinten, wo sich die Wasser des Fjords mit denen des großen Meeres mischten, dort müßte bald das Schiff zu sichten sein, das ihren Sohn, nach dem sie große Sehnsucht empfand, sicher nach Hause brächte. Eine zuversichtliche Ruhe durchströmte das Herz der Königin.

Die Shetland-Inseln verschwanden hinter dem Horizont. Vor ihnen lag Thule. So lange das Licht des Tages über dem Meer lag, so lange stand Arne am Bug des Schiffes, um den ersten Blick auf die schroffen Klippen seiner Heimat werfen zu können.

Auf Wikingsholm gab der Ausguck einen fröhlichen Schrei von sich. Trompeten schallten. Die königliche Familie versammelte sich auf den Zinnen. Alle Augen waren zum Horizont gerichtet. In der Ferne leuchtete ein Signalfeuer auf, von Bergspitze zu Bergspitze flammte die Botschaft: Gundar Harls Schiff in Sicht!

Zurück kehrten die Reisenden. Arne, als hätte er einen Kloß im Hals, konnte nicht sprechen. Hatha, der sich gewünscht hatte, in der Neuen Welt bei seinem Volk bleiben zu können, fand nun das Land, in dem er geboren, nicht weniger liebenswert. Sie segelten nun den Trondheimfjord aufwärts. Von den Signalfeuern auf den Bergspitzen angekündigt, eilten von den beiden Ufern Boote heran mit Freunden, Eltern, Frauen der Mannschaft. Eine Begrüßungsprozession umschwirrte das große Schiff, das Kurs hielt auf Wikingsholm. Es gab welche, die behaupteten, in Prinz Eisenherz' Augen Tränen gesehen zu haben, als dieser die Rückkehr seines Erstgeborenen beobachtete. Aber Eisenherz bestand immer darauf, daß er sich eine leichte Erkältung geholt und deswegen geschnieft hätte. Auf jeden Fall rannte er gleich danach zur Landungsstelle, an der in Kürze das Schiff anlegen mußte. Der Rest der Familie folgte seinem Beispiel.

Frauen haben gewisse Vorrechte, so erduldete Arne es, daß ihn seine Mutter umarmte und küßte — vor all seinen grinsenden Gefährten. Es ist ja auch schön, geliebt zu werden. Dann begrüßte er seinen Vater und König Aguar, seinen Großvater, mit der Würde, die einem jungen Krieger ziemte. Wie gerührt Arne war, sah Prinz Eisenherz in seinen Augen. Boltar hätte beinahe, wie bisher, seinen Sohn in die Luft geworfen und lachend mit seinen starken Armen aufgefangen. Aber Hatha war nicht mehr das Kind, das weggefahren war. Vor dem Vater stand ein junger Mann, der wie ein Mann begrüßt werden wollte.

Seiner Mutter überreichte Arne die Geschenke, die er ihr von seiner großen Reise mitgebracht hatte: Pelze, wie sie vorher noch niemand in der Alten Welt gesehen hatte. Ihr Entzücken und ihre Freude machten ihn glücklich (und er fragte sich, warum er ihr nicht öfter solche Freude gemacht hatte).

Nach einer Woche des Feierns und Erzählens zu Ehren der heimgekehrten Helden, zog der Alltag wieder in Wikingsholm ein. Der König hatte die Anführer der Expedition um sich versammelt, um die Entdeckungen zu besprechen. Sollte Thule das Land der Neuen Welt für sich beanspruchen und besiedeln? Oder sollten sie Handelshäfen jenseits des großen Meeres eröffnen?

Prinz Eisenherz und Boltar blickten in eine frohe Zukunft. Ihre Söhne waren erwachsen, konnten ihren Vätern in einer Welt der Männer zur Seite stehen.

Unten im Burghof spielten Arne und Hatha nicht mehr Erwachsene, sie übten ihre Geschicklichkeit als junge Krieger. Oben auf den Zinnen sahen ihre Väter das Signalfeuer, das ihnen meldete: Ein fremdes Schiff im Fjord nimmt Kurs auf Wikingsholm! Gegen Abend näherte sich das Schiff der Anlegestelle. Auf seinem Großsegel prangte das Drachenwappen König Arthurs.

Ein junger Ritter, gerade dem Jünglingsalter entwachsen, ging von Bord. ,,Ich bin Howard von Finnmoor und bringe eine Nachricht von König Arthur für Prinz Eisenherz von Thule." Er händigte Eisenherz eine Rolle aus, verschlossen mit König Arthurs Siegel. Eisenherz erbrach das Siegel, las: ,,Für Prinz Eisenherz. Wir grüßen dich von Herzen. Unseres Hofes hat sich eine unerträgliche Langeweile bemächtigt, die nur durch die entzückende Gegenwart der lieblichen Aleta vertrieben werden kann. Prinz Eisenherz, begleitet die Königin an unseren Hof. Sonst kommen wir in unserem Stumpfsinn noch um. Howard kann Euch mit dem neuesten Hofklatsch unterhalten."

„König Arthurs Brief ist eine List", berichtete der junge Howard — statt Klatsch vom Hof zu erzählen, „falls er in unbefugte Hände gelangt wäre. Seine Majestät bat mich, Euch zu sagen, daß sich am großen Wall ein Unheil vorbereitet. Die Pikten und die Caledonier rotten sich für einen Krieg zusammen. Nicht gegeneinander — wie oft in der Vergangenheit. Sie haben sich vereinigt, Britannien zu überfallen. König Arthur will es zwar nicht wahrhaben, aber es gibt Gerüchte, daß Mordred hinter der ganzen Sache steckt. Und Mordred ist gerissen." Viele Informationen konnte des Königs Bote nicht geben.

Aleta war begeistert, daß bald die Reise nach Camelot gehen sollte. Dort gab es neue Mode, neuen Klatsch, und dort konnte sie ihre heranwachsenden Töchter vorzeigen.

Prinz Eisenherz hatte sich einen Plan ausgedacht. Zusammen mit seiner Familie wollte er auf des Königs Schiff reisen. Boltar sollte auch auslaufen. Bei den Orkney-Inseln wollte Eisenherz dann auf sein Langschiff umsteigen. Während der Fahrt verabschiedete sich Eisenherz von seinen eitlen Gepflogenheiten. Seine Familie beobachtete verständnislos, daß er sich nicht mehr wusch und kämmte. Von den Seeleuten ließ er sich schäbige Kleidung geben. Das Singende Schwert, Griff und Scheide mit Juwelen geschmückt, versteckte er in einer Lederhülle.

Ein mitleiderregender Strolch wurde von Boltar an Bord seines Schiffes begrüßt. Arne wäre bei diesem Abenteuer gern dabei gewesen, aber sein Vater hatte ihm gesagt: „Deine Mutter, die Königin, hat Anspruch auf eine edle Begleitung auf der Reise nach Camelot. Es ist deine Pflicht, bei ihr zu bleiben." Eisenherz, der sich auf das lustige Hofleben gefreut hatte, wußte, daß er jetzt auf alle Annehmlichkeiten verzichten mußte. Die schroffe Küste Caledoniens ragte vor ihm auf. Hier lockte das Abenteuer, und er verspürte das altvertraute Gefühl der Aufregung. Am Ostende des von den Römern gebauten Hadrianwalles lag eine Stadt, verrufen, schmutzig, gesetzlos. Treffpunkt von Verbrechern und Verbannten, die des Königs Strafe hier nicht erreichte. Die Ankunft eines Drachenschiffs erregte hier keine Aufmerksamkeit. Ein verwahrloster Kerl ging von Bord.

Er war einer von den vielen, die ihr Schwert für den zückten, der am meisten bezahlte. Unterkunft nahm er in einer der Tavernen, die dem Spitznamen der Stadt — Läusestadt — alle Ehre machte. In einer Ecke allein saß er in der Schankstube, und wenn es auch so schien, als wäre er betrunken, so hörte er doch aufmerksam zu, wenn der kommende Krieg erwähnt wurde.

Er wurde zu einem Würfelspiel eingeladen, die Falschspieler wollten ihn ausnehmen. „Genug", grollte er schließlich, „mehr habe ich nicht zu verlieren. Die Zeiten sind hart, und es scheint, daß niemand ein gutes Schwert anheuern will."

Später, vor der Taverne, näherte sich einer der Spieler, flüsterte: „Schließ dich uns an, wenn du begierig bist, mit deinem großen Schwert Reichtum zu gewinnen." „Wo gibt es diesen Reichtum, wieviel gibt es zu gewinnen?" fragte Eisenherz, sprach wie ein Söldner. Sein neuer Bekannter antwortete: „Bezahlung gibt es keine — außer dem, was du beim Plündern der Städte erbeutest, Gold und Sklaven sind dein Lohn." Zurückgekehrt in sein lausiges Zimmer, wußte Eisenherz nun, daß Städte geplündert werden sollten. Solche Städte gab es nur südlich des Walles. Also stand jetzt fest, daß eine Invasion Britanniens geplant war. In Gesprächen in den Kaschemmen der Läusestadt, in denen sich Eisenherz herumtrieb, erfuhr er auch, daß Mordred die Fäden im Hintergrund geknüpft hatte. Wegen des Geheimnisses um König Arthurs Geburt hielt sich der finstere Mordred für den wahren und einzigen Anwärter auf den Thron. Sein Ehrgeiz brannte wie ein Feuer, war Anlaß für Treulosigkeit und Verrat — bis an sein Ende.

Eisenherz wollte nach Camelot reisen, die Nachrichten an den Hof bringen, seine Familie wieder sehen. Am Hafen, als er sich nach einem Schiff erkundigen wollte, das nach Süden fuhr, hatte er eine Idee. Gleich begann er, seine wagemutigen Gedanken in die Tat umzusetzen ...

... und ging auf den Markt. Es war eine derbe Zeit damals (ist unsere Zeit feinfühliger?), und Gefangene waren Teil der Kriegsbeute und wurden verkauft. Eisenherz kaufte zwei Pikten. In der Kneipe, bei seinen Kumpanen, wurde er geschwätzig: „Der künftige Raubzug wird uns Gewinn bringen. Diese Pikten werden für uns kämpfen, und ihre Beute gehört uns auch, wenn alles vorbei ist." Wen kümmerte es, daß die Sklaven zuhörten?

Eisenherz, der ungepflegte Söldner, verschaffte sich ein Pferd, ritt in die Berge. Zu den beiden Pikten, seinen Sklaven, war er hart und erbarmungslos. „Schneller, ihr Lahmen, ihr Abschaum", knurrte er, dann, mit einem grausamen Lachen: „In wenigen Wochen werden eine Menge eurer Landsleute die schmutzige Arbeit für uns erledigen." Allerdings war Eisenherz, so schien es, zu sorglos mit dem Schlüssel zu ihren Ketten. Und es dauerte nicht lange, bis seine Sklaven fliehen konnten. Über diesen Verlust konnte Eisenherz nur lächeln. Denn er war sicher, daß die Flüchtlinge den Oberhäuptling der Pikten finden und ihm berichten würden, daß die Verbündeten Verrat an den Pikten planten.

Inzwischen suchte Prinz Eisenherz in Caledonien die einzelnen schottischen Sippen auf, die sich am großen Wall eingefunden hatten und auf das Signal zum Angriff warteten. Zu jedem Clan sprach er: „Ich kenne die Pikten und traue ihnen nicht. Sie werden euch das Kämpfen überlassen", spottete er, „und wenn sie genug Beute gemacht haben, werden sie hinter dem Wall verschwinden. Und ihr steht allein den Rittern von König Arthur gegenüber."

Seine Wanderung entlang des Walls führte Eisenherz immer weiter nach Westen. Bald gelangte er ins Land der Pikten. Und schon machte er ihre Bekanntschaft. Eine Horde ihrer Krieger erhob sich aus dem hohen Heidekraut, in dem sie sich versteckt hatten. Ihre blau bemalten Gesichter und farbigen Kleider hatten sie gut getarnt. Schweigend führten sie ihren Gefangenen ab, brachten ihn zum Verhör zu ihrem Anführer.

„Ich suche Sir Mordred", behauptete Eisenherz ohne zu zögern, „ich habe ein gutes Schwert, und er hat das Geld, meine Geschicklichkeit damit zu bezahlen. Er wird nach den Plünderungen die größte Beute haben, denn er ist voller Ehrgeiz und wird nach Camelot vorstoßen, also braucht er einen großen Schatz, um Mitläufer anzulocken."

„Camelot, Schätze, Macht!" träumte der Häuptling. Aber Eisenherz dämpfte seine Begeisterung: „Mordred ist nicht einer, der Schätze oder Macht mit irgendwem teilt. Um seine eigenen Streitkräfte für den Endkampf zu schonen, wird er die Hauptlast der Invasion die Pikten tragen lassen."

Führer brachten Prinz Eisenherz durchs Gebirge zum Hauptquartier. Jetzt wurde es wirklich gefährlich. Er mußte sich selbst überzeugen, daß Mordred es war, der die Invasion plante. Aber Mordred würde ihn trotz seiner Kleidung erkennen — das wäre der sichere Tod. Eisenherz schickte seine Führer zurück.

Geschützt von der Dämmerung und seinem grauen Umhang, das Gesicht mit Staub eingerieben, schlich er an das Lager heran, unsichtbar zwischen den Felsen. In der Tat, Mordred war der Kommandierende, bei ihm zwei seiner Halbbrüder, der grausame Agravaine und der tumbe Gareth. Eisenherz war erleichtert, nicht die beiden anderen Brüder zu sehen, Gaheris und Gawain.

Zu weit entfernt, um hören zu können, was gesprochen wurde, erkannte er aber an den wütenden Gesten, daß es um die Verschwörer nicht zum besten stand.

Mordreds Plan, schnell und überraschend auf Camelot vorzustoßen, während König Arthurs Ritter, in Scharmützel verstrickt, übers ganze Land verstreut waren, drohte am Mißtrauen der Pikten zu scheitern. In ihrer blauen Kriegsbemalung forderten sie Garantien für ihre Hilfe. Mordred konnte und wollte nicht nachgeben.

Späher berichteten von einem schwarzhaarigen Glücksritter, der umherwanderte und das Mißtrauen der Pikten schürte.

Ein Schwarzhaariger sollte doch den blonden Berglern verdächtig sein. „Fünf Silberlinge für jeden Schwarzkopf, der mir gebracht wird", versprach Mordred. „Und fünf Goldstücke für den richtigen Kopf."

Prinz Eisenherz war sicher, daß die Invasion bald beginnen sollte. Diese Information mußte schnell König Arthur erreichen. Doch zuerst sollte Eisenherz erfahren, daß auf seinen Kopf eine Prämie ausgesetzt worden war. „Ich wußte gar nicht", lachte er, „daß ich Mordred so viel Wert bin."

Aber in seinem Herzen fühlte er Entsetzen, welches Schicksal erwartete ihn in den grausamen Händen des verräterischen Mordreds?

Die Schotten führten ihren Gefangenen zum Hauptquartier Mordreds, die Goldstücke in Empfang zu nehmen. Doch unterwegs stießen sie auf einen Trupp Pikten, die auch einen schwarzhaarigen Gefangenen mit sich führten. Eisenherz empörte sich, schrie ihnen entgegen: „Ihr Schwindler! Wollt ihr diesen Landstreicher für mich ausgeben, dafür die Belohnung kassieren, die auf meinen Kopf ausgesetzt ist? Ihr pickligen Pikten, ihr könnt den Wert eines Menschen nicht einschätzen — weil ihr selbst keinen Wert habt."

Die Pikten, in Wut gebracht, gierig nach dem Kopfpreis, gegen die Schotten in der Überzahl, griffen an. Als sein Bewacher die Zügel fallen ließ, zum Schwert zu greifen, schlug Eisenherz seine Absätze in die Flanken des Pferdes. Er floh. Gefesselt und unbewaffnet, mit einem Preis auf seinem Kopf ausgesetzt, war er alles andere als frei. Und heute hatte er wirklich keinen guten Tag. Auf jedem Hügel, in jedem Tal eine Horde Krieger. Zu spät, ihnen auszuweichen, preschte er auf die Schotten los, rief: ,,Die Pikten kommen! Hütet euch! Sie überfallen die schottischen Clans!" Er verschwieg ihnen, daß er daran Schuld war, daß es zum Kampf gekommen war. ,,Holla!" freute sich der Anführer, ,,Schwarzhaar mit dem teuren Kopf!" ,,Denkst du nur an eine Belohnung, wenn jenseits des Hügels deine Stammesgenossen abgeschlachtet werden?" fragte Eisenherz verächtlich.

Streng bewacht wies Eisenherz den Weg. Es war, wie er gesagt hatte. Hier hatte es einen Kampf gegeben. Die siegreichen Pikten fielen gerade über die wenigen Überlebenden des schottischen Clans her. Mit wildem Gebrüll stürmten Eisenherz' Bewacher vorwärts. Unbewacht, glitt er vom Pferd, zersägte verzweifelt mit einem Schwert seine Fesseln. Auf dem Hügel sah er den Anführer der Pikten, wie er mit einem Schwert seinen Kriegern Befehle erteilte. Mit dem Singenden Schwert!

Wieder frei und bewaffnet! Er griff in den Kampf ein, stürmte den Hang hinauf. Beritten hatte er einen großen Vorteil ... und so war das Singende Schwert wieder sein. Beendet war das Scharmützel, die von einer Übermacht besiegten Pikten lagen zwischen dem Heidekraut.

Prinz Eisenherz hatte die Zwietracht und das Mißtrauen zwischen Pikten und Schotten geschürt, der Haß war aufgelodert, Blut war geflossen — um Britannien zu retten, um die Macht der Feinde Camelots zu brechen.

Prinz Eisenherz lenkte sein Pferd südwärts, galoppierte los, den Wall zu erreichen, hinter dem Friede und Sicherheit lagen.

Als er bemerkte, daß er verfolgt wurde, lahmte sein Pferd. Die zähen Hügelkrieger kamen in stetigem Trab näher, der auch ein besseres Pferd ermüdet hätte. Eisenherz sah sich nach einer Verteidigungsstellung um. Auf einem nahen Hügel, umgeben von einem Kreis großer Steine, lag eine uralte Grabstätte. Hier blickte er seinen Verfolgern entgegen.

Sie stürmten um den Hügel, hielten aber vor dem Steinkreis. Furcht und Ehrfurcht zwangen sie dazu. „Hüte dich vor dem Fluch des Todes!" rief der Anführer, „während der Nacht wirst du in Wahnsinn fallen."

Der Nebel verwandelte sich gegen Abend in Regen. Eisenherz suchte Schutz in der Grabstätte. Seine Verfolger warteten, er fühlte sich unbehaglich an diesem unheimlichen Ort. Es mußte einen Grund für die Furcht geben, die diese Stätte schützte. Sein Blick fiel auf eine Steinplatte.

Mit der Spitze des Speers hob Eisenherz die Platte hoch. Darunter fand er ein Gewölbe. Hier könnte er sich verstecken, falls seine Feinde den Mut hatten, ihn zu suchen. Es war ein unheimlicher gruseliger Ort. Im schwindenden Licht des Tages entdeckte Eisenherz den Bewohner. Ein Krieger längst versunkener Zeiten, dessen Träume seit Jahrhunderten nicht gestört worden waren. Mit scheuer Ehrfurcht griff Eisenherz nach dem blanken Totenschädel, hielt ihn sinnend in den Händen — lange blickte er in die leeren Augenhöhlen, die einst mit Leben gefüllt waren. Was mochten die längst verloschenen und vergangenen Augen geschaut haben?

„Alter Freund", sprach Eisenherz, „du hast dich lange genug ausgeruht. Jetzt mußt du mir helfen, bevor du weiter träumst."

Während der ganzen Nacht hielt Eisenherz Wache, die Waffen kampfbereit. Im Morgengrauen sah er, daß die Bergkrieger immer noch außerhalb des Steinkreises warteten. Wollten sie ihn aushungern? Da erhielt er die Antwort: Ein Druide näherte sich dem Grabmal. Ein Priester einer alten Religion, verboten und geächtet, als die Römer in Britannien herrschten. Hier in Caledonien hatte sich der alte Glaube erhalten, hierher waren die Anhänger der Rituale geflüchtet. Langsam schlurfte der alte Druide heran, sein Aberglaube war stärker als sein Glaube. Er betrat die Stätte, die älter als seine Religion war. „Komm heraus", krächzte er, „oder du wirst die geheimnisvolle Kraft eines Druiden spüren."

Die Grabesstille, die den Worten des Alten nachhallte, wurde von einer hohlen Stimme gebrochen, die nicht von dieser Welt schien: „Entheilige nicht diesen heiligen Ort! Enthebe dich! Sonst trifft dich der Fluch des Todes mit uralter Kraft!" Und der, der gekommen war, mit zauberischem Schrecken zu drohen, fühlte ein unsägliches Entsetzen. Er floh diesen Ort, rannte in den Schutz des Steinkreises, wollte Zuflucht bei den Schotten suchen. Doch diese waren längst weggerannt, fort von diesem verfluchten Platz.

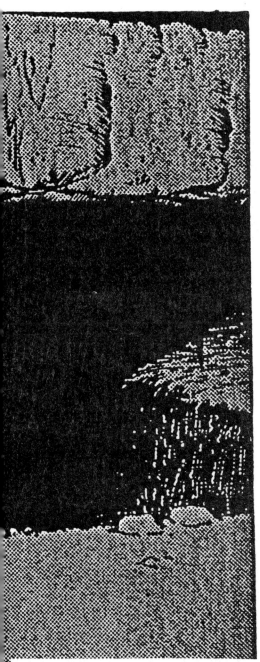

Als alle Feinde über alle Berge waren, wappnete sich Eisenherz, wandte sich wieder südwärts. Mit einem Seufzer der Erleichterung sah er den Wall, den der römische Kaiser Hadrian errichten ließ, als er die Pikten und Schotten, die er nicht unterwerfen konnte, fernhalten wollte von Britannien.

Beim ersten Kastell des Walles, den die Römer Limes genannt hatten, pochte Prinz Eisenherz an das Tor. „Öffnet!" befahl er, „Prinz Eisenherz ist hier, Ritter der Tafelrunde, im Dienste des Königs." Eine Schildwache blickte von den Zinnen herab. „Ein Ritter? Ein Prinz?" Er lachte, bildete er sich doch ein, ein Spaßvogel zu sein. „Für mich seht Ihr aus wie ein ungewaschener Taschenspieler, wie ein liederlicher Liedermacher. Haha, hihi, wo ist denn Eure Klampfe?"

Bevor Prinz Eisenherz wütend antworten konnte, fiel ihm ein, daß er bisher einen rauhen Söldner gespielt hatte, daß er nicht gekämmt, nicht gewaschen, nicht rasiert war — wie ein Prinz konnte er wirklich nicht aussehen.

Mit einem Ruck wurde der Wachsoldat von der Brüstung gerissen, eine scharfe Stimme: „Strohkopf! Bist du so dumm, daß du einen Ritter nicht an seiner Art erkennst? Das ist in der Tat Prinz Eisenherz! Geh, öffne ihm!" Der Soldat beeilte sich, den Befehl auszuführen, wobei ihm der junge Ritter sehr behilflich war.

„Howard!" rief Eisenherz erfreut aus, als ihn der junge Ritter begrüßte, der des Königs Bote in Thule war. Während sich Eisenherz aus einem Söldner in einen Ritter verwandelte, berichtete Howard: „König Arthur hatte mich ausgeschickt, Euch zu suchen. Ich patrouillierte wochenlang am Wall. Königin Aleta bestand darauf, daß ich Euch Euer Streitroß Arwak und Waffen herbringe. Reiten wir jetzt nach Camelot?" „Nein", entgegnete Eisenherz, „zuerst muß ich eine Invasion verhindern."

„Sir Howard", befahl Prinz Eisenherz, „Ihr reitet nach Westen, bis nach Carlisle, versetzt jede Garnison auf dem Wege in Alarmbereitschaft. Ich gehe ostwärts bis an das Ende des Walles." Die Kastelle lagen in Sichtweite voneinander entfernt, bei jedem Stützpunkt hielten Eisenherz und Howard an, vor der Gefahr zu warnen, Signale zu vereinbaren. Lange Jahre hatte am Wall Friede geherrscht, die Besatzungen der Kastelle waren verringert worden, nur noch Wachtruppen waren anwesend.

In Caledonien hinter dem Wall. Mordred tobte, raste vor Zorn. Sein Marsch auf Camelot, sein Plan der Invasion Britanniens war vom Scheitern bedroht. Und das nur, weil die alte Feindschaft zwischen Pikten und Schotten wieder entflammt worden war. Aber jetzt war es zu spät zum Rückzug. Er befahl die Invasion.

Späher warnten vor den heranrückenden Horden, Signale flammten von Kastell zu Kastell, Streitkräfte wurden da am Wall zusammengezogen, wo Gefahr drohte. Als die wilden Scharen aus den Bergen am Wall anlangten, teilten sie sich in zwei Gruppen. Zur einen Seite strebten die Pikten, die Schotten zur anderen. Und keine der beiden Gruppen machte Anstalten, als erste den Angriff zu wagen.

Laut erscholl Prinz Eisenherz' Stimme: „Laßt uns nicht länger warten. Welche Gruppe will durch unsere Waffen sterben, damit die andere die Besitztümer der Gefallenen einsammeln kann?"

„Prinz Eisenherz!" zischte Mordred zornig, „war das der Schwarzhaarige, der als streunender Glücksritter den Samen der Zwietracht und der Mißgunst und des Hasses zwischen die Reihen unserer Verbündeten ausgestreut hat?"

Von der Höhe des Kastells sahen Eisenherz und die wenigen Soldaten des Königs, wie wütende Worte unter den Verbündeten ausgetauscht wurden, man schlug aufeinander ein. Die ganze Nacht durch hielten die Verteidiger des Walles Wache, am frühen Morgen waren die Hügel menschenleer. Die Invasion war verhindert.

Über die Hügel und durch die Moore preschte Mordred in rasender Eile nach Süden, Camelot vor Prinz Eisenherz zu erreichen.

An der Küste ging Mordred an Bord seiner schnellen Galeere, trieb die Ruderleute an, sich Tag und Nacht mit aller Kraft in die Riemen zu legen. Er nahm Kurs nach Süden.

Prinz Eisenherz war nach einigen Tagen sicher, daß die Pikten und Schotten sich endgültig zurückgezogen hatten, kein neuer Angriff zu erwarten war. Zusammen mit dem jungen Sir Howard galoppierte er nach Süden.

Mordred traf als erster in Camelot ein. Außer Atem, übermüdet und erschöpft, forderte er eine Audienz beim König, seinem Onkel. Unverzüglich wollte er Bericht erstatten. Gern gewährte der gütige König eine Unterredung. Mordred trat vor den Thron, mit erhobener Stimme und gestenreich erzählte er: „Majestät, ich komme eben aus Caledonien, wo die wilden Bergvölker eine Erhebung gegen Eure Macht und eine Invasion in Britannien geplant hatten. Ich bin vom Clan der Loth, und mein Wort wiegt schwer."

In diesem Augenblick betrat Prinz Eisenherz die Thronhalle. Er war überrascht, hier Mordred zu finden. Noch mehr überraschte ihn, daß Mordred die Rolle eines Helden spielte. Prinz Eisenherz wollte dem König Bericht erstatten, wollte sagen, wie Mordred die Pikten und Schotten gegen das britannische Königreich aufgehetzt hatte, um den Thron nach der Invasion zu besteigen — und wie die Verschwörung kläglich gescheitert war. Nun aber mußte er anhören, wie Mordred seine Rede schloß: „Ich habe die kriegslüsternen Häuptlinge der Hügel überredet, von ihrem Plan abzulassen. Ich habe den Frieden und Britannien gerettet."

Wen nimmt es Wunder, daß Mordred als Held gefeiert wurde? Der König bedankte sich bei Mordred, begrüßte Prinz Eisenherz und entschuldigte sich. „Es tut mir leid, dich von Thule hierher gerufen zu haben — ohne Grund und Veranlassung."

Prinz Eisenherz grübelte: Welches geheimnisvolle Band war zwischen dem König und seinem Neffen geknüpft, daß der König alle Missetaten Mordreds übersah?

Im Südturm von Camelot, seiner Familie als Wohnung zugewiesen, schwanden alle Sorgen des Prinzen. Nur Aleta machte sich Sorgen: wie konnte sie ihren Mann dazu verführen, überzeugt zu sein, daß sie der liebenswerteste Mensch auf der ganzen Welt wäre? Ein Seufzer der Befreiung, als auf seinem Antlitz dieses bewundernde, einfältige Lächeln die Sorgen wegwischte.

In einem anderen Raum des weitläufigen Schlosses war von Liebe nichts zu spüren. Voller Unruhe unterhielt sich Mordred mit seinen Halbbrüdern Agravaine und Gaheris: ,,Dieser schwarzhaarige Spion war Eisenherz. Und er weiß, daß wir hinter der vereitelten Invasion steckten. So lange er lebt, so lange ist unser Leben in Gefahr."

Die Zwillinge Karen und Valeta, Eisenherz' und Aletas Töchter, waren in einem Alter romantischer Empfindungen. Wie oft hatten sie die Lieder der Troubadoure gehört, die von der Liebe sangen. Sie beschlossen, sich auch zu verlieben. Nachdem sie gehört hatten, wie begeistert ihr Vater von Sir Howard war, wollten sie den jungen Mann selbst prüfen. Sie schauten ihn sich an, gründlich. Howard wurde es unbehaglich, als ihn zwei Paar Augen still anstarrten — als wäre er ein Pferd, das zum Verkauf stand. Karen begann die Romanze in ihrer eigenen Art. „Bist du verheiratet?" wollte sie wissen. Valeta klimperte mit den Wimpern, zeigte ihre reizenden Grübchen, fragte: „Warst du schon mal verliebt?" „Gib uns ein Pfand, das wir am Herzen tragen werden", begehrte Karen. „Du kannst mein Tuch in den Turnieren tragen oder uns zu Ehren einen Drachen töten", schlug Valeta vor.

„Dort drüben ist unser Fenster", flüsterte Valeta mit einem Lächeln voller Süße und Melancholie, „und wenn du uns heute nacht eine Serenade darbringst, werden wir dir eine Rose zuwerfen." Howard hatte bisher kein einziges Wort sagen können, er war völlig überrumpelt.

Prinz Arne, zurückgekehrt vom Übungsplatz der jungen Ritter, schaute auf diese Szene herab. Seine Aufmerksamkeit wurde nicht von der aufblühenden Romanze seiner Schwestern beansprucht. Es gab noch einen Beobachter. Mordred verfolgte mit scharfen Augen die Zwillinge. Er war wie ein Falke, der Beute ausspähte.

Arne berichtete dem Vater von seiner Beobachtung. Eisenherz und seine Angehörigen hatten schon oft Mordreds verräterische Vorhaben vereitelt. Und sie kannten seine grausame, nachtragende Art. Nichts würde ihn davon abhalten, Rache zu üben. Noch eine andere Angelegenheit schrie nach Rache. Von einem Balkon, von dem die Zwillinge die Spaziergänger im Garten mit Würmern bewarfen, wurden sie Zeugen eines abscheulichen Beispiels heimtückischer Arglist. Howard lustwandelte mit einer Frau am Arm. Das scheußliche dabei: er schien es zu genießen! „Er ist von Falsch. Wir gaben ihm unsere Liebe, und er brach unsere Herzen", schluchzte Karen tragisch. „Diese verführerische Schlange", seufzte die sanfte Valeta, „wir werden diese Frau im Lilienteich ertränken. Das ist sehr romantisch!"

Mordred, immer getrieben von seinem Ehrgeiz, seinem Rachedurst, wurde von Arne überwacht. So entging es dem jungen Prinzen nicht, daß Mordred sich mit einem Landstreicher in grüner Kleidung traf.

Die Zwillinge suchten ihre Nebenbuhlerin auf. Karen, wie es so ihre Art war, wurde gleich sehr deutlich. „Sir Howard ist unser romantischer Held, wundersame Dienste zu unserer Ehre zu leisten — zum Beispiel Riesen und Ungeheuer zu töten und in Turnieren zu siegen. Wenn er aber unsere Herzen bricht, wird unser Vater ihn in kleine Stücke hacken." „Und Euren Kopf werden wir abschneiden", fügte die süße Valeta mit reizendem Lächeln hinzu, „und Euer Blut wird spritzen und sprudeln, bis alles bekleckert ist." „Ihr seid aber blutdurstige Knirpse", die junge Frau lächelte, „hat man euch schon mal die Höschen angewärmt?" Die Zwillinge griffen sich unwillkürlich dorthin, wohin die Drohung zielte. „Sie reden ja so wie unsere Mutter", beschwerte sich Karen.

Die Töchter der Königin und eines künftigen Königs wurden von jedem verhätschelt, verwöhnt und verdorben. Aber diese Frau machte eine Ausnahme. Sie nahm keine Rücksicht auf die vornehmen Fräuleins, sie drohte sogar mit Handgreiflichkeiten. Und sie machte den Eindruck, ihr Versprechen auch zu halten. „Hier kommt Sir Howard. Laßt ihn wählen zwischen uns", lachte die junge Frau. Howard, noch ein Grünschnabel, unerfahren in ernsten Kämpfen, fand sich in einer peinlichen Lage. „Unseres Vaters Schwert wird unsere Ehre wahren", erinnerte ihn Karen. „Ich habe niemanden, der mich schützt", sagte die junge Frau, lachte plötzlich laut los. „Ich muß zum Wachdienst", stotterte Howard, über und über rot geworden, und stolperte davon.

Frayda, „diese Frau", wie sie von den Zwillingen genannt wurde, hatte es amüsant gefunden, mit Howard spazieren zu gehen. Jetzt hatte sie den Jüngling ausgelacht und seine Gefühle verletzt. Sie suchte nach einem Weg, ihren Fehler gutzumachen. Auch Mordred suchte nach einem Weg. Aber er wollte grausame Rache nehmen.

Mordred verbrachte eine furchtbare Stunde, als sich der König noch einmal mit ihm und Prinz Eisenherz über die Vorfälle jenseits des Walles unterhielt. Würde Eisenherz ihn verraten? „Ich ritt durch die Hügel nördlich des Walles, ich sah wie die Kriegshorden sich sammelten", erzählte der Prinz. Der König fragte: „Saht Ihr auch Mordred?" „Ja, er unterhielt sich mit den Anführern." Der König lächelte: „Habt unseren Dank, Mordred. Ihr habt sie überzeugt, von ihrem Vorhaben abzulassen." Eisenherz hätte berichten können, daß Mordred den Aufstand und die Invasion geplant, sie nicht verhindert hatte. Aber warum dem König eine neue Bürde auflasten?

Warum hatte Eisenherz ihn, Mordred, nicht der Verschwörung und des Verrats angeklagt? Welche Absichten hatte der Prinz? Jetzt fürchtete sich Mordred. Selbstsucht und Rache waren Gefühle, die er verstand, aber nicht Großzügigkeit und Güte.

Arne betrat die Stallungen und war überrascht. Unter Mordreds Stallknechten waren neue Männer, den Mann in Grün sah er dort auch, dem Mordred einen Geldbeutel gezeigt hatte. Die nächste Überraschung erlebte Arne, als er mit seinem Pferd auf dem Übungsplatz war. Beim Geschicklichkeitsreiten riß der Steigbügelriemen. Fast wäre er in vollem Galopp mit dem Kopf gegen den Pfosten geprallt. Der Riemen war mit einem Messer zerschnitten worden. Arnes Stallbursche sagte: „Das war wohl das Werk von Sir Mordreds neuen Stallgehilfen." Mißbilligend sprach er weiter. „Das sind nichtsnutzige Kneipengänger, denen Camelot verboten war, bis Mordred sie angeheuert hat."

Der eine von Mordreds Männern, der in grüner Kleidung, verbrachte viel Zeit auf dem Dach der Stallungen, er täuschte Ausbesserungsarbeiten vor. Von hier aus konnte er Prinz Eisenherz' Familie beobachten. Doch Arne war wachsam, behielt aufmerksam den Mann in Grün im Auge. Arne entging nichts, was verdächtig war.

Arne hatte Mühe, seinen Vater davon zu überzeugen, daß die Familie in Gefahr war. Prinz Eisenherz wollte nicht glauben, daß ein Mensch so tief sinken konnte, Rache an unschuldigen Kindern zu üben. „Aber, Sir, Ihr habt doch selbst gesagt, daß Mordred sich nicht nach Anstand und Moral richtet, daß er eine Seele wie eine Viper hätte."

Prinz Eisenherz unternahm mit seiner Familie einen Ausritt. Zum Abschied winkten sie dem kleinen Galan in den Armen des Kindermädchens Katwin zu. Er war noch zu klein, er mußte seinen Mittagsschlaf halten.

Das war der Augenblick, auf den Mordreds Strolche gewartet hatten. Ein Säugling und ein Kindermädchen allein in der Wohnung. Katwin brachte den Kleinen zu Bett, in einer geschützten Ecke des Balkons mochte er ruhig schlafen.

Katwin ging in ihr Zimmer, leise wurde eine Leiter an die Mauer gelehnt. Der Mann in Grün lugte über die Brüstung, er grinste. Es war doch sehr leicht, die versprochene Belohnung zu gewinnen. Er stieg auf den Balkon, blickte nach allen Seiten, packte das Kleinkind, wickelte es in die Bettdecke, seine Schreie zu ersticken. Die Tat war vollbracht. Jetzt galt es schnell zu verschwinden. Das Kind wurde den wartenden Kumpanen zugeworfen. Sich zur Flucht wendend, blickten die Entführer in schreckgebietende Augen. Prinz Eisenherz schnitt ihnen den Weg ab, zog das gefürchtete Singende Schwert. An seiner Seite der mutige Arne. Nun schritten die beiden auf die Schurken los. Keine Worte wurden gewechselt. Stille herrschte. Es war die Stille des Todes.

Jäh wurde die Stille gebrochen. Mit gellendem Kreischen stürzten die Zwillinge vorwärts. ,,Räuber! Haltet die Diebe" schrien sie, ,,Wache! Hierher! Die Kerle klauen unsere Puppe!" Prinz Eisenherz erlaubte der Wache, die Strolche abzuführen. Sir Kay, der Seneschall, der Oberhofbeamte, führte die Verhandlung gegen die Angeklagten. Sir Mordred spielte vorzüglich die Rolle des Betrogenen: ,,Ja, diese Schufte sind meine Männer. Und wenn Ihr erlaubt, Sir Kay, übergebt sie mir zur angemessenen Bestrafung." So geschah es zur Zufriedenheit Mordreds. Und die Kerle, denen verboten wurde, jemals wieder Camolot zu betreten, hatten nie mehr Gelegenheit dazu. Mordred brachte seine Mitwisser zum Schweigen, für immer.

Katwin erzählte der Familie, wie sie im Zimmer gestanden hatte — mit einer Streitaxt in ihren Händen, falls die Entführer gemerkt hätten, daß sie nur eine Puppe geraubt hatten. Und Katwin, eine Häuptlingstochter aus Thule, schien enttäuscht, daß niemand von den Schurken ins Zimmer getreten war. Prinz Eisenherz war still, sein Gesicht ernst. Später wappnete er sich, ging.

„Sir Mordred, Ihr seid für die Taten Eurer Männer verantwortlich." Dann mit schneidender Schärfe: „Sorgt gefälligst dafür, daß meine Familie nicht mehr bedroht wird. Niemals mehr!" Seine Hand streichelte den Griff des Singenden Schwertes.

Heiß war der Sommer, Camelot langweilig ohne Feste und Turniere. Aleta zog mit ihren Kindern und ihrem Gefolge an die Küste. Die Königin, geboren auf einer der ägäischen Inseln, konnte dem Ruf des Meeres, das schon immer ihr Tummelplatz gewesen war, nicht widerstehen. Ihr Nachwuchs, der schon schwimmen konnte, bevor das mühsame Laufen erlernt war, verbrachte mit der Mutter viele Stunden reinen Entzückens in der geschützten Bucht. Dann schickte Aleta die Kinder ans Ufer, und sie schwamm weit hinaus.

Eines Tages entdeckte sie eine Grotte an einsamer Stelle. Als Prinzessin hatte sie ihren Privatstrand gehabt, wo sie ohne Rücksicht auf die Vorschrift für Badekleidung schwimmen konnte. Jetzt, hier, weit entfernt von neugierigen Augen, konnte sie sich des lästigen Kleides entledigen und sich frei fühlen.

Prinz Eisenherz, sehr beschäftigt, schenkte den Gerüchten wenig Aufmerksamkeit, die ganz Camelot aufregten. Nymphen, Seejungfrauen und Nixen hätte man in der Gegend von Llantwit, wo seine Familie Ferien machte, gesehen. Einige Ritter behaupteten, Zeugen dieser Erscheinungen gewesen zu sein; einer erzählte: „Ein Bauer führte mich auf eine Klippe, und mit meinen eigenen Augen sah ich eine Nymphe aus den Tiefen des Ozeans auftauchen. Dann schwamm sie hinaus aufs Meer." Ein anderer: „Ich sah eine zauberhafte Seejungfrau, die vom Meer herankam — und dann verschwand sie in der Tiefe." Ein dritter: „Hütet euch vor den Nixen! Eine lockte mich hinunter zum Meer. Ich konnte ihrem zwingenden Reiz nicht widerstehen, dann entglitt sie meinem Blick. Ich kletterte hastig die Klippen hinaus und entkam so ihrer Verführung ins Verderben."

Sollte sich Eisenherz Sorgen machen?

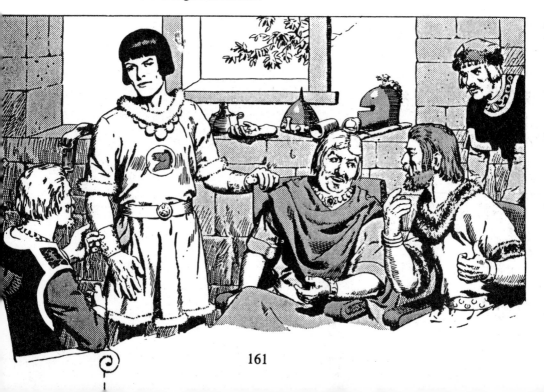

Prinz Eisenherz erbat sich von König Arthur eine Gunst: „Majestät, in Merlins Bibliothek muß es eine Erklärung zu diesen seltsamen Phänomenen der zauberischen Meerjungfrauen geben." „Merlins Turm blieb verschlossen, seitdem der große Weise verschwunden ist. Aber da Ihr sein Lieblingsschüler wart, gebe ich Euch den Schlüssel." Niemand hatte seither den Turm betreten, Eisenherz kannte sich hier aus. In verstaubten Folianten und vergilbten Rollen fand er manche Hinweise auf die Frauen, die den Fluten entstiegen waren, deren Element das Wasser war. Er stellte eine Liste auf.

Da war Aphrodite, die Göttin der Liebe, dem Schaum des Meeres entstiegen, von Meermädchen umgeben. Leda war eine Nymphe gewesen, der sich der Göttervater Zeus als Schwan genähert hatte. In Germanien lebte die Lorelei auf einem Felsen über dem Rhein. Andere Sirenen gab es, die mit ihrem Gesang Schiffer und Fischer betörten; so berichtete Homer es auch von Odysseus. Und die Lady vom See übereignete König Arthur das Sagenschwert Excalibur.

Prinz Eisenherz beschloß, nach Llantwit aufzubrechen, begleitet von den Rittern, die Augenzeugen der wunderbaren Erscheinungen gewesen waren. In seiner Sorge um die Familie hatte er vergessen, was ihn Merlin einst lehrte: seine Vernunft zu gebrauchen.

Sie standen nun auf der sagenhaften Klippe, Prinz Eisenherz und sein Gefolge. Das Meer glitzerte in der Sonne — und war leer bis zum weiten Horizont. Nur einige Möwen schwebten umher. „Da ist sie!" Ein aufgeregter Ausruf. „Sie hat einen Schwanz, bedeckt mit goldenen Schuppen." „Aber nein", erklärte ein anderer Beobachter, „das ist ihr Güldenhaar." „Laßt uns umkehren", mahnte ein dritter, „sie ist eine Sirene und lockt uns ins Verderben." Das Wesen schwamm bis an den Fuß der Klippe. Und bevor genau zu erkennen war, ob das Gold, das in der Sonne glänzte, ein Fischschwanz war, verschwand die Erscheinung in der Tiefe.

Endlich erinnerte sich Prinz Eisenherz der Worte Merlins: „Auch das, was übernatürlich scheint, hat eine natürliche Ursache." Während seine Begleiter in Angst und Ehrfurcht verharrten, entschied er, dem Mysterium der Meerfrau auf den Grund zu gehen — indem er bis zum Grund des Meeres abstieg, trotz aller Warnungen, die seinen Untergang beschworen. Er kletterte die Klippen hinab bis zu der Stelle, an der die geheimnisvolle Erscheinung verschwunden war. Er entdeckte dicht über dem Wasserspiegel den Eingang zu einer Grotte. Hier wartete er geduldig, ein Verdacht keimte langsam in ihm auf. Nach einigen Minuten bestätigte sich seine Vermutung. Aleta tauchte auf, nun in ein Badekleid gehüllt, das auch dem sittenstrengsten Moralisten keinen Anlaß zum Anstoß gegeben hätte. „So, meine Frau ist also zur Legende geworden", zankte er, „eine Märchenfigur des Meeres. Gott sei Dank, daß du so langes Haar hast, das kleidet dich, wenn du nackt schwimmst."

„Ich schwimme so, wie es mir Spaß macht", schnappte Aleta zurück, „ich habe das ganze Meer für mich allein." „Aber nicht das Land", gab Eisenherz zurück, „schau doch mal auf die Klippe hinauf." Aleta wagte einen scheuen Blick, und sie errötete. „Ach du liebe Zeit", stöhnte sie leise. Eisenherz stieg die Klippe hinauf. „Es war keine Sirene", beruhigte er die Männer, „nur eine Nixe, die eine Höhle unter den Felsen hat. Völlig harmlos. Laßt uns gehen."

Die nächsten Tage erfreute sich Prinz Eisenherz am häuslichen Glück in der Ferienwohnung am Meer. Seine Frau hatte nicht dieses königliche herrscherliche Betragen, sie war sittsam und sehr bescheiden. Wer weiß, wie lange das anhalten sollte.

Kühles Nieselwetter verdarb die Ferienfreude. Prinz Eisenherz schlug vor, nach Camelot zurückzureiten. Bei der Erwähnung von Camelot erinnerten sich die Zwillinge, daß sie unsterblich in Sir Howard verliebt waren, den von ihnen erwählten Ritter. Romanzen, so sangen die Minnesänger, passierten allen Prinzessinen. Aber Karen und Valeta wollten nicht darauf warten. Sie wollten ihre Romanze jetzt, und Howard war die Zielscheibe ihrer Wünsche — ob es ihm paßte oder nicht.

In ihrer Abwesenheit von Camelot hatte „diese Frau", wie die Zwillinge Frayda nannten, Howard so verwirrt, daß er völlig vergessen hatte, wenigstens einen kleinen Drachen für seine Bewunderinnen zu erschlagen. Zurück auf Camelot, ertappten sie ihren treulosen Helden bei einem Stelldichein mit Frayda, forderten von ihm eine endgültige Entscheidung. „Entweder heiratest du uns, oder unser Vater wird in einem Duell unsere Ehre retten", forderte Karen zornig. „Diese Frau" antwortete: „Es ist nicht erlaubt, zwei Frauen zu haben, noch nicht einmal Zwillinge. Ihr müßt unter euch entscheiden."

„Du heiratest mich", für Karen war die Sache entschieden, „und Valeta wird meine Hofdame." „Was? Deine Hofdame?" schrie Valeta, „du wäschst dich noch nicht einmal hinter den Ohren, und Flöhe hast du auch!" So schnell der Streit entbrannt war, so schnell erlosch er auch wieder. Die Zwillinge besuchten den Hofsänger, der so schöne Lieder von Romanzen vortragen konnte. Er hatte Verständnis, er sang nun von enttäuschter Liebe, von dem Lächeln, das ein zerbrochenes Herz verbirgt, von dem fröhlichen Lachen, das eine Tragödie übertönt. Tag für Tag genossen Karen und Valeta ihren süßen Schmerz. Sie sprachen darüber, ihre Pein mit Gift oder mit dem Eintritt in ein Kloster zu beenden. Aber eine verlorene Liebe ist weniger stark als ein leerer Magen. Zur Essenszeit hatten die Zwillinge ihre Lebenslust wieder gefunden.

Mit einer anderen Tragödie wurde Camelot vertraut gemacht. Sorgen hatten sich in das Antlitz eines betagten Kämpfers gegraben, der in den Schloßhof einritt und bat, den König sprechen zu dürfen. Arthur ließ Prinz Eisenherz herbeirufen, sprach: ,,Bala Burwulf bittet um Hilfe. Hört seine Geschichte." ,,Ich bin der Kanzler des Königs Bedwin von Dinmore, der ein treuer Gefolgsmann König Arthurs ist. König Bedwins Tage sind gezählt. Sein Sohn aber, Prinz Harwick, ist verschwunden. Sollte der König sterben, der Thron verwaist sein, werden seine Brüder um die Herrschaft kämpfen, ein langer und blutiger Krieg wird ausbrechen. Prinz Harwick muß gefunden werden."

„Ich kann Lancelot vor ein Heer stellen, Sir Gawain zu einem Zweikampf ausschicken", erklärte König Arthur, „hier aber ist Geschick und Feinfühligkeit gefordert. Deshalb habe ich Euch für diese Aufgabe ausgewählt." Wieder mußte Prinz Eisenherz Abschied nehmen. Aber Aleta schlief, den kleinen Galan im Arm. Lange Zeit betrachtete er ihr schönes Gesicht, er wollte es vor Augen haben bis zu seiner Rückkehr. Auf Zehenspitzen verließ er den Raum, die Träume der Schlafenden nicht zu stören.

Auf der Reise nach dem kleinen Königreich Dinmore fragte Eisenherz den alten Kanzler nach Prinz Harwick, den er suchen und finden mußte. ,,Ach ja", meinte Bala Barwulf, ,,er haßt das Leben am Hof, er fischt lieber Lachse und Forellen oder geht mit den Falken zur Jagd. Sein Vater ist sehr streng, die beiden gerieten oft in Streit, und dann ging Prinz Harwick zum Fluß und verbrachte den ganzen Tag beim Fischen. Und eines Tages kehrte er nicht ins Schloß zurück."
Als das Königsschloß in Sicht kam, verabschiedete sich Prinz Eisenherz: ,,Wenn ich den Prinzen finden will, ist es besser, wenn ich unerkannt bleibe."
Er folgte den Flüssen, unterhielt sich mit jedem, den er traf, über das Fischen. Ein Holzfäller erzählte: ,,Dieser Fluß ist berühmt wegen seiner Lachse. Ein Fischer benutzt jetzt neuartige Methoden, sie zu fangen." Könnte dieser gewitzte Fischer der Thronfolger sein? Aus der Entfernung beobachtete Eisenherz einen jungen Mann. Statt mit Speer oder Netz fischte dieser Kerl mit Rute und Schnur.

Prinz Eisenherz, selbst ein begeisterter Fischer, wollte diese Art, Lachse zu fangen, lernen. Er folgte dem Burschen und seiner Begleiterin, nahm in dem selben Gasthof Unterkunft. Der Wirt erzählte ihm, daß der Fischer ein Troubadour und sein Name Owen wäre. Während seiner Streifzüge hatte sich Eisenherz oft eine Mahlzeit aus Forellen gegönnt. Er hatte einen Haken mit kleinen Federn versehen und in die Strömung gehängt. Jetzt gab er Fliegen an die Haken. Das mußte doch auch einen Fischer anlocken.

„Entschuldigt bitte, daß ich Euch mit meiner Aufdringlichkeit belästige. Ich heiße Owen, und ich sehe, Ihr kennt mein Geheimnis des Lachsfangs." „Aber nein", entgegnete Eisenherz, „diese Federn an den Haken nenne ich Fliegen, weil sie für Fische wie echte Insekten aussehen. Die Forellen schnappen danach, und schon habe ich sie am Haken. Lachse fallen darauf nicht herein." „Doch, sie tun's!" rief Owen, „morgen früh zeige ich's Euch. Ihr seid ein Fischer und deshalb mein Bruder." War dieser dickliche junge Mann der Kronprinz von Dinmore? Bevor Eisenherz dem alten Kanzler eine Nachricht schickte, wollte er sich vergewissern.

Owen hielt sein Versprechen. Er nahm Eisenherz mit zum Fluß, ihm zu zeigen, wie man Lachse mit einer Angel fing. Ruth, die Wirtstochter, bestand darauf, die Angelrute und den Frühstückskorb zu tragen. Jeder hing seinen Gedanken nach. „Kann dieser glückliche Bursche der vermißte Thronerbe sein?" Trotz seiner schlichten Kleidung und seiner einfachen Art schien er von vornehmer Herkunft. Owen schätzte seinen Begleiter ab: „Das ist kein gewöhnlicher Krieger. Goldene Armbänder und Halsketten, Juwelen am Griff seines großen Schwertes. Sein Wappen, der scharlachrote Hengst. Wo habe ich davon gehört? Vielleicht ein Ritter der Tafelrunde."

,,Gebt genug Leine, um weit über den Fluß zu reichen'', unterrichtete Owen seinen Fischerbruder, ,,die Angelrute ist wie ein Bogen, die mit dem Köder beschwerte Leine ist wie ein Pfeil. Jetzt werft die Leine''. Eisenherz war so begierig, zu lernen, daß er vergaß, daß es noch die Lachse gab. Einer hatte angebissen. Eisenherz wollte die sich abspulende Leine festhalten und verbrannte sich die Finger. Noch zwei andere Lachse gingen ihm durch die Lappen, bevor er gelernt hatte, richtig zu angeln.

Prinz Eisenherz war ein begeisterter Angler geworden. Alles wollte er wissen: Welches Holz das beste wäre für die Angelrute, wie die Leinen hergestellt, wie die Leinen auf die Angelrolle aufgespult und wie sie an der Rute entlanggeführt würden. Bald beherrschte er sein neues Handwerk und das Werkzeug. Nach dem Abendessen fachsimpelten die beiden Angler. Da sagte Owen unvermittelt: „Ich werde Euch etwas erzählen, wenn Ihr mir Euer Ehrenwort als Ritter gebt, das Geheimnis für Euch zu behalten." „Natürlich", versprach Eisenherz.

Mit einem verschmitzten Lächeln

sagte Owen: „Ich bin Prinz Harwick, der Thronerbe von Dinmore". „Und ich", entgegnete Eisenherz, „wurde gesandt, Euch zu finden und heimzubringen. Aber Ihr habt meinen Schwur, Euer Geheimnis bleibt in mir verschlossen." „Ihr fragt Euch, warum ich Reichtum und Macht aufgegeben habe. Nach dem Tod meiner Mutter übernahm mein Vater meine Erziehung. Tag für Tag saß ich in einem stickigen Zimmer und studierte Gesetze und Geschichte. Unter seinen strengen Augen lernte ich das Waffenhandwerk, danach war ich zu erschöpft, mit anderen Kindern zu spielen."

Prinz Harwick erzählte weiter, sein Lächeln war verschwunden: „Als ich heranwuchs, war mir der Gedanke verhaßt, eines Tages den Thron besteigen zu müssen. Ich lehnte mich auf, suchte Frieden und Vergnügen in Feldern und an Flüssen. Mein Vater, der König, schimpfte mich dauernd aus. Eines Tages wanderte ich weit weg von zu Hause, fand dieses kleine Gasthaus — und Ruth, die Tochter des Wirts. Ich verliebte mich in sie, in ihre Frische, ihre Jugend, ihre Schönheit. Die aufgedonnerten Hofdamen können sich mit ihrer einfachen und ehrlichen Art nicht messen. Ich werde sie heiraten und in diesem kleinen Himmel des Glücks mein Leben verbringen."

König Bedwin von Dinmore lag bleich und kraftlos in seinem großen Bett, er ruhte sich für die große Reise in das Unbekannte aus. Sollte nach seinem Tode der Thron unbesetzt sein, zwei Anwärter würden sich darum streiten, das Land in einen Bürgerkrieg unter Blut ersticken. Der alte Kanzler hatte sein Leben dem treuen Dienst an König und Vaterland geweiht. Wenn nun der Kronprinz nicht gefunden werden sollte, würde das kleine Reich und sein Lebenswerk in Trümmer fallen.

Prinz Eisenherz erlebte vergnügte Tage mit Prinz Harwick, sie gingen fischen, jagten mit den Falken. Prinz Eisenherz suchte einen Weg zwischen seinem Schwur des Schweigens und seiner Pflichterfüllung gegen König Arthur. Wie sollte er sich in diesem Zwiespalt entscheiden?

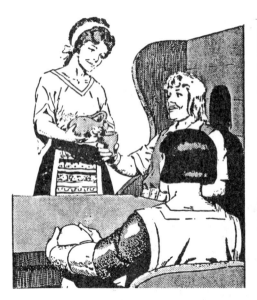 

Den beiden Verliebten schaute Prinz Eisenherz zu. Wirklich, was bedeutete der Thron von Dinmore gegen Ruths freundliches und hübsches Gesicht, gegen ihre lebendigen Augen, aus denen so viel Liebe zu ihrem fröhlichen Troubadour sprach. Was wäre, wenn sie wüßte, daß ihr Owen ein Prinz . . .?

Es kam die Zeit, daß der alte Kanzler jeden aus des Königs Gemach schickte und stillschweigend das Bettuch über seines besten Freundes Gesicht zog. Der Thron von Dinmore stand leer. Nach geraumer Weile erhob sich der Kanzler, wischte sich über die Augen, rief die zusammen, die dem König in seinen letzten Tagen gedient hatten. „Keiner darf wissen, daß der König tot ist", befahl er, „geht hier ein und aus wie immer — das Schicksal des Königreichs hängt von eurer Verschwiegenheit ab."

Die beiden jüngeren Brüder des Königs warteten begierig auf die Nachricht von seinem Tod. Beide wußten, daß der Thronfolger verschollen war, beide hungerten sie nach der Macht eines Königs. Der, der sich auf den Thron schwingen konnte, würde alle anderen Anwärter, ob Bruder oder Neffe, beseitigen. Jeder der Brüder hatte heimlich eine Armee aufgestellt.

Aus dem Tor des Schlosses von Dinmore sprengten Reiter, die den Befehl hatten, den Prinzen zu finden. Sonst wäre alles zu spät. An einem Regenabend betrat ein müder Reisender den Gasthof, bestellte Essen und Trinken. Er blickte sich um, bezahlte, ließ seine Mahlzeit auf dem Tisch stehen, und rannte hinaus, kehrte auf schnellstem Wege dorthin zurück, von wo er hergekommen war.

Die Tür zur Gaststube wurde aufgestoßen. „Der König ist tot!" rief der alte Kanzler, und er setzte seinen Ruf fort: „Lang lebe der König!" „Was scheren mich Könige und Throne?" lachte der gemütliche Owen, „Ich bin ein Troubadour, ein schlichter Bursche, der nur Frieden und Zufriedenheit sucht. Hier habe ich es gefunden, hier bleibe ich!" Er wurde an sein königliches Blut erinnert, seine Pflicht gegenüber dem Königreich, an das Wohlergehen des Volkes, an die drohende Gefahr eines verheerenden Krieges. Aber Owen — oder sollen wir ihn Prinz Harwick nennen? — ließ sich nicht überzeugen. „Mein königlicher Thron, ha", spottete er, „an ihn gefesselt mit den Ketten der Verantwortung, den ganzen Tag vergeuden, um die Schmeicheleien von Schleimern zu ertragen. Nein! Mein Thron ist das Herz von Ruth, ihre Liebe ist mein Königreich."

„Ruth, mein Kind", der alte Kanzler wandte sich dem Mädchen zu, „wir Männer haben schwerwiegende Entscheidungen zu treffen. Deswegen sei so gut, nimm dein Abendessen auf deinem Zimmer ein. Hier ist eine Flasche köstlichen Weins, würdig der Tafel eines Königs. Nimm und trinke den Wein zum Essen."
Das Mädchen gehorchte. Sie war verwirrt, was hatte ihr Owen mit all dem Gerede von Königen und Thronen zu tun?

Die drei Männer saßen zu Tisch. Es galt über das künftige Schicksal des Königreichs von Dinmore zu beraten. Das persönliche Glück des Prinzen schien unvereinbar mit dem Wohle des Staates. Und wenn es zum Bürgerkrieg zwischen den Armeen und Anhängern der Königsbrüder käme? Was würde aus dem privaten Glück in einem Land, das von Mord und Brandschatzung heimgesucht wäre? Prinz Eisenherz, der eine Lösung der Probleme anstrebte, die sowohl dem Glück des Prinzen als auch dem Wohlergehen aller Bürger und Bauern im Lande Rechnung tragen sollte, wunderte sich, daß Bala Burwulf sich kaum an der Diskussion beteiligte.

Der alte Kanzler saß unbeweglich am Tisch, rührte kaum die Speisen an. Er schien zu warten. Ein schriller Schrei aus dem ersten Stock. Eine Magd stürzte und stolperte die Treppe herunter. Sie schluchzte: ,,Ruth! Es ist Ruth! Sie liegt so still. Ruth! Sie ist tot!" Noch immer saß der alte Burwulf unbeweglich. Hatte er auf diese Nachricht gewartet? Prinz Harwick war fassungslos, wollte der Magd nicht glauben. Totenstille herrschte. Nur manchmal vom Schluchzen der Magd durchbrochen. Jetzt stürmte Prinz Harwick die Treppe hinauf ...

... dicht hinter ihm Prinz Eisenherz. Der alte Kanzler folgte gemessenen Schrittes. Dann trat der Wirt, Ruths Vater, in die Stube. „Ruth ist tot!" wimmerte die Magd. Und wieder legte sich lähmende Stille über alle. Vor wenigen Augenblicken noch war Ruth, die jetzt bleich auf ihrem Bett lag, lebendig gewesen, frisch und fröhlich, die Rosenfarbe des Glücks hatte ihre Wangen überzogen. Und wie leichtfüßig war sie die Treppe hinaufgesprungen. Jetzt war das schöne Mädchen tot. Kein Schmerzenszeichen auf ihren Gesichtszügen, keine Wunde an ihrem Körper. Was war geschehen? Der alte Kanzler füllte einen Pokal mit dem Wein, den er Ruth geschenkt hatte. „Lang lebe der König!" Sein Ruf zerriß die schreckliche Stille. Er leerte den Pokal, sprach:

„Ja, ich habe sie getötet. Sie war so schön und voller Liebreiz, daß Prinz Harwick sie niemals wegen des Throns verlassen hätte." „Du Unhold!", zischte der junge Harwick, „verdammt sollst du sein für diese feige Tat." „Zweimal verdammt", berichtigte der Alte seinen jungen König, „der Wein ist vergiftet. Auch mein Leben verlöscht. Aber Ihr seid König — ob Ihr wollt oder nicht. Ihr könnt nicht Eure königlichen Pflichten gegen ein einfaches Leben tauschen. Ihr könnt nicht die Einsamkeit des Thrones gegen das stille Glück der Familie tauschen. Ja, ich habe unser kleines Königreich vor der Zerstörung gerettet. Und ich bin verdammt, wegen Mord und Selbstmord. Ich bin's zufrieden."

Der Traum eines jungen Prinzen vom Leben in Glück und Liebe war durch einen Becher vergifteten Weins ausgelöscht worden. Als trauriger König kehrte er auf das Schloß zurück. Nach Stunden grimmigen Schweigens wandte sich Harwick wütend zu Prinz Eisenherz: ,,Verräter!" knurrte er, ,,Ihr habt mich an den Kanzler ausgeliefert. Wer sonst wußte von meinem Zufluchtsort? Ihr habt Euer ritterliches Ehrenwort gebrochen!" Als die Schwerter zischend aus den Scheiden glitten, sprengte ein Hauptmann der Garde zwischen die beiden. ,,Nein! Nein, mein Herr!" rief er, ,,Ihr seid nicht verraten worden. Wir haben Euch überall gesucht. Der alte Kanzler war sich sicher, daß Prinz Eisenherz Euch finden würde. Wir folgten seiner Spur, und wo wir ihn, einen fremden Ritter, fanden, da fanden wir auch Euch." ,,Verzeiht mir, Prinz Eisenherz. Ich Narr hatte gedacht, Ihr könntet ein Versprechen brechen. Es tut mir leid, entschuldigt bitte."

Der Tod des alten Königs und das Finden des Prinzen war zwar geheim geblieben, aber die beiden machtlüsternen Onkel dachten, jeder für sich, daß es jetzt Zeit wäre, den Thron zu besteigen. Und wenn der alte König noch lebte — nun, sein Ende ließ sich beschleunigen. Der Staatsstreich, die Machtergreifung standen bevor.

Harwick betrat das Schloß. Späher berichteten ihm von den Plänen seiner Onkel. Weitere Späher und Boten wurden unverzüglich ausgesandt, die Bewegungen der Verschwörer und ihrer Truppen auszukundschaften und zu überwachen. In einer kurzen Zeremonie, Pferde und Reiter konnten kaum verschnaufen, wurde Harwick in der Schloßkapelle zum neuen König von Dinmore gekrönt. In den Harnisch seines Vaters gekleidet, erschien er kampfentschlossen. „Ich werde mich meinen Onkeln entgegenstellen. Es wäre schön, Prinz Eisenherz, Euch an meiner Seite zu haben. Ihr könnt, in allen Ehren, mir solch ein gefährliches Unternehmen abschlagen, Eure Aufgabe, mich zu finden, ist ja gelöst." Eisenherz grinste, der Vorschlag war verlockend: zwei Ritter gegen zwei Armeen. „Reiten wir los", meinte er.

Eine Wandlung war mit Harwick geschehen. Aus dem dicklichen und gemütlichen Angler war ein König geworden. Die langen Stunden seines Studiums und die harten Übungen, die ihm sein Dasein so sehr verleidet hatten, zeigten sich jetzt in seinem Verhalten, in seinem Denken und Handeln.

Späher brachten Nachrichten von den Bewegungen der beiden Armeen. „Mein lieber Onkel Curwin ist uns am nächsten, ihn besuchen wir zuerst. Obwohl er ein mächtiger Mann ist, ist er ein bißchen dumm", spottete der junge König. Herzog Curwin sah zwei Reiter herankommen, der eine war Prinz Harwick, aber er trug die Waffen des Königs. Das konnte nur eins bedeuten; und bevor sich der Herzog eine neue Treulosigkeit und Verräterei ausdenken konnte, rief der neue König: „Ich bin Euer König! Euer königlicher Führer! Ihr habt meinen Befehlen zu gehorchen!"

Da erscholl schon der nächste Befehl des Königs: „Laßt Eure Männer antreten, ich wähle meine Leibgarde aus!" Die besten Männer suchte er sich aus seines Onkels Armee aus. Es war eine Ehre, in der königlichen Leibgarde zu dienen. In hilfloser Wut mußte Curwin sehen, wie er seiner Macht beraubt wurde. „Jetzt werden wir Euren hinterhältigen Bruder suchen und ihn überzeugen, nichts zu tun, was er bereuen würde." Der Herzog gehorchte.

Aus dem dicklichen Prinzen, der immer nur spielen wollte, war ein Mann geworden, den man fürchten mußte. Das wußte der andere Onkel noch nicht. Der Graf von Grosmont wußte nur, daß sein Bruder mit seiner Armee auf des Königs Schloß marschierte. Betrug und Verrat waren ihm lieber, aber nun mußte er sich zu einem raschen Angriff entschließen.

Gerade, als der Graf sich durchgerungen hatte, des Nachts die schlafende Armee seines Bruders zu überfallen, tauchte diese Armee aus einer Talsenke auf, marschierte direkt auf ihn zu. Und der Graf erkannte den Anführer, der die Waffen des Königs trug. Ein Leben lang hatte der Graf Ränke geschmiedet, um den Thron von Dinmore zu erringen. Jetzt zerflossen seine Träume von der Macht.

Auf einen Befehl von Prinz Eisenherz formierte sich des Königs Armee zu einem riesigen Keil, der auf die gräflichen Krieger zielte. ,,Lang lebe der König!" erklärte der Graf, ,,ich war mit meiner Armee unterwegs, Euren Thron zu schützen bis zu Eurer Rückkunft, Majestät." Und er verbeugte sich so tief, daß man die Tücke in seinen Augen nicht sehen konnte. ,,Dann wollt Ihr nun sicher unser Schloß besuchen", meinte König Harwick, ,,schickt Eure Armee heim, denn ich habe schon eine." Der Ritt zum Schloß war für die Onkel des Königs kein Vergnügen, sie fühlten sich wie Gefangene und befürchteten, daß sie das auch wären.

Zu ihrer Befürchtung kam die Furcht vor diesem Ritter, Prinz Eisenherz. Auf der ganzen Reise liebkoste er den Griff seines Schwertes, als wollte er ihm einige Übungen gönnen.

Im Schloß leisteten die Onkel willig den Lehns- und Treueeid dem König. Der Henker, der neben dem Thron stand, führte ihnen vor Augen, wie knapp sie dem Richtblock entkommen waren. Prinz Eisenherz betrachtete die Szene und amüsierte sich.

König Harwick, der seine Braut verloren und einen Thron gewonnen hatte, vertraute Prinz Eisenherz seine Gedanken an. ,,Ich, der ich niemals König sein wollte, bin jetzt das Kindermädchen für ein Königreich, ein Diener des Volkes. Der alte Kanzler hatte recht: Wir, die wir von königlichem Geblüt sind, können unserer Bestimmung nicht entgehen."

Als Herr über Leben und Tod mußte der König in der Halle der Gerechtigkeit zu Gericht sitzen. Er übte das Gesetz nach altüberliefertem Brauch aus: einem Dieb mußte die Hand abgehackt werden, eine Hörige, die weggerannt war, wurde zur Sklaverei verdammt, ein Leibeigener, der im Zorn die Hand gegen seinen Aufseher gehoben hatte, wurde zum Tode verurteilt. Nach der Urteilsverkündung fragte der König: ,,Wer spricht zu Gunsten der Angeklagten?"

Prinz Eisenherz trat vor: „Ich will ihr Advokat, ihr Fürsprecher sein. Haltet den Vollstrecker zurück, laßt mich eine Stunde lang mit den Angeklagten sprechen. Recht ist gesprochen, ohne Zweifel, aber es ist Recht ohne Gnade und ohne Verstehen." Nach der Stunde kehrte Eisenherz mit den Gefangenen in die Halle zurück. „Der angeklagte Dieb war einst Soldat in des Königs Armee. Seine Wunden aus den Schlachten machten ihn dienstuntauglich. Als Krüppel konnte er keine Arbeit finden. Ja, er hat gestohlen, um seine Familie vor dem Verhungern zu retten. Wie hoch ist die Belohnung, die ihm zusteht für einen lebenslangen Dienst an König und Vaterland?"

„Diese Frau hat ohne Genehmigung ihr Dorf verlassen, ja, um ihrer Tochter bei der Geburt des ersten Kindes Beistand zu leisten. Ist Mutterliebe ein Verbrechen, das mit Sklaverei bestraft wird? Und dieser Mann hier, schaut Euch seinen Rücken an. Voller Narben und zerrissen von Wunden durch des Aufsehers Peitsche. Das Verbrechen dieses Verurteilten: vor Hunger war er zu schwach zum Arbeiten. Solche böswillige Grausamkeit", Eisenherz wies anklagend auf den Aufseher, „sollte mit Strafe belegt werden!"

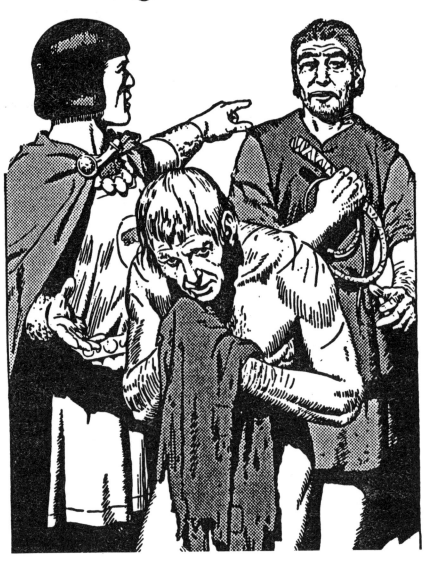

„Ich danke Euch, Prinz Eisenherz. Ich war zu sehr mit meiner eigenen Verzweiflung beschäftigt. Ein König zu sein, das ist mein Schicksal. Ein guter zu sein mein Wunsch." Später besuchte der König den Prinzen in seiner Kammer. „Ich bin froh, daß Ihr mir über die Art, wie König Arthur Recht spricht, berichtet habt. Ich werde unsere alten Gesetze reformieren, den Angeklagten das Recht einzuräumen, zu ihrer Verteidigung zu sprechen. Und an was arbeitet Ihr da, Prinz Eisenherz?" „An Angeln, wie Ihr sie erfunden habt, mit einigen Verbesserungen", antwortete Eisenherz, „meine Arbeit hier ist beendet, und auf der Rückreise nach Camelot will ich königlich speisen — Forellen und Lachse."

Prinz Eisenherz hatte sich von König Harwick verabschiedet, wollte sein Pferd besteigen, als ein junger Edelmann auf ihn zutrat und fragte, ob er wohl die Freude haben dürfte, den Prinzen auf der Reise nach Camelot zu begleiten. Dort wollte er sein Glück versuchen. Er hieß Sir Reynolde, war ein fröhlicher Bursche und guter Begleiter. Ein schäumender Fluß verführte Prinz Eisenherz, sein neues Angelgerät auszuprobieren. Sie machten Halt, und Reynolde schlug das Lager auf.

Prinz Eisenherz lernte bald, daß das Angeln mit Ködern und einer langen Leine Schwierigkeiten bereiten konnte. Vielleicht war er sogar der erste, der sie erfahren mußte. Diese Probleme sind übrigens bis heute ungelöst. In seinen Bemühungen, Geschichte zu machen, ließ er nicht nach. Und einige der Bemerkungen, die ihm dabei entschlüpften, sind heute noch unter Anglern in Gebrauch. Es war unmöglich, Fuß zu fassen, die Strömung war zu stark. In rasender Fahrt ging es stromabwärts. Niemals hatte seine Begeisterung für das Angeln einen solchen Tiefpunkt erreicht wie eben jetzt.

An einer seichten Stelle endete die rasante Flußfahrt Prinz Eisenherz'. Kaum aufgetaucht, hörte er fröhliche Stimmen: „Ahoi! Ein Unterwasserboot ist aufgetaucht." „Das ist ein verliebter Kerl auf der Suche nach einer Nixe." „Ein Seemann auf Landurlaub, Willkommen an Land." Sein knappes Entrinnen vor dem Ertrinken behandelten diese Leute so, als wäre er zu ihrem Vergnügen in den Wasserfall gestürzt. Sie nahmen ihn mit in ihr Lager, damit er trocknen konnte. Eisenherz fand sich inmitten einer Schauspielertruppe, die auf der Suche nach Glück und Ruhm die weite Welt durchstreifte. Jetzt wollten sie nach Caldergarde gehen, die Gäste einer Hochzeitsfeier unterhalten. Sie luden ihn ein, sie zu begleiten. Prinz Eisenherz nahm an. „Ich hole nur schnell meine Sachen."

Seinem Reisegefährten, Sir Reynolde, gab Eisenherz Anweisungen: „Trefft mich in Caldergarde, einen Tagesritt von hier entfernt. Ich nehme das Packpferd und einige einfache Sachen. Ich reise mit einer Truppe von Unterhaltungskünstlern. Das wird sicher Spaß machen."

Und es machte Spaß. Sie sangen den ganzen Weg lustige Lieder, rissen Witze, stahlen Hühner und Gänse; Met und Bier bezahlten sie mit dem Geflügel der Nachbarn. In Caldergarde wurde Prinz Eisenherz überrascht — von Prinz Eisenherz. Reynolde hatte sich rasiert, sein Haar zu einer Eisenherz-Frisur geschnitten und gekämmt, er trug die Kleidung des Prinzen. „Ihr benutzt nicht Eure eigene Persönlichkeit, so hab ich sie mir ausgeborgt", erklärte Reynolde.

Lächelnd bat Reynolde in seiner Eisenherz-Maskerade: „Ihr, ein Schauspieler und Gaukler, werdet in der Küche essen, im Stall schlafen. Ich, als Prinz Eisenherz, werde es genießen, verhätschelt zu werden wie ein berühmter Ritter. Seid Ihr einverstanden?"

Also saß Prinz Eisenherz, der Gaukler, unter den anderen Schauspielern am Ende des Tisches, an dem das gemeine Volk aß. Er schaute zu Reynolde, dem Eisenherz-Spieler, hinüber, der an der hohen Tafel speiste. Der Jüngling war gescheit und amüsant, sein Benehmen war ordentlich. Prinz Eisenherz war sicher, daß sein Imitator ihm keine Schande machte. Prinz Eisenherz (jetzt meinen wir den Gaukler, also den, der ein richtiger Eisenherz war) war gut bei Stimme, sang er doch oft stundenlang auf seinen einsamen Reisen. Er unterhielt mit seinen Liedern die Hochzeitsgäste und verdiente sich so Unterkunft und Verpflegung.

Jetzt führte Foulk, Schauspieler, Autor, Total-Genie, ein Stück auf, das er geschrieben hatte, in dem er den tapferen Helden spielte. Foulk erntete brausende Ovationen, woran neben seiner Kunst auch ein bißchen das viele Met und viele Bier Schuld waren, das die Zuschauer getrunken hatten. Noch berauscht vom tosenden Beifall, verkündete Foulk: „Das zwingt mich zu schöpferischer Leistung, ich werde ein neues Stück schreiben. Darin bin ich Lancelot und Ihr, mein Herr, seid mein Knappe. Ein unsterbliches Drama. Aber wir müssen noch eine Schauspielerin engagieren, um die Besetzung des Stücks zu vervollständigen."

Die Gaukler und Schauspieler übernachteten im Stall. Die ganze Nacht brannte eine Kerze, Foulk arbeitete an seinem neuen Schauspiel. Er schrieb, schmiedete Verse, hin und wieder rief er: „Gut, sehr gut!" Und: „Ausgezeichnet!" Dann: „O Foulk, wie großartig bist du! Ein Genie, von der Muse geküßt."

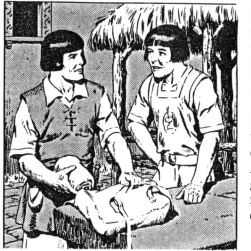

Am Morgen nach dieser dichterischen Nacht schnürte Eisenherz, der Gaukler, sein Bündel und sprach zu Reynolde, dem Eisenherz: „Das Hochzeitsfest ist vorüber, die Gäste verlassen das Schloß. Wir Schauspieler ziehen zum Schloß Glenhaven, wo ein Turnier veranstaltet wird. Wie wär's, wenn wir unsere Maskerade noch um eine Woche verlängern?" Nach dem Auszug der Schauspieler aus Caldergarde wurde im Schoß allerlei vermißt; man stelle sich vor: der Verdacht fiel auf die Gaukler.

Glenhaven, ein stattliches Schloß, thronte auf einem Berg. Auf allen Türmen flatterten Flaggen und prächtige Banner. Trompetenklang schallte aus dem Schloßhof, wo Wimpel und Fahnen auf den Pavillons und Zelten wehten, hier versammelten sich die Ritter zum Turnier. Eisenherz hatte seinen Spaß daran, daß er ein Packpferd am Zügel führte, während zwei falsche Ritter hoch zu Roß saßen. Eine kurze Rast. Foulk überzeugte jeden in Reichweite seiner Stimme, welch guter Schauspieler er wäre. „Ich bin ein Genie, ich spiele nicht", deklamierte er.

„Wenn ich einen König spiele, bin ich König.

Braucht ihr einen Bettler? Ich bin ein Bettler.

Spiele ich einen Schurken, verabscheue ich mich selbst.

Aber einen edlen Helden spiele ich niemals. Das bin ich."

Foulk war von sich selbst begeistert und hingerissen. „Paßt mal auf, Sir Eisenherz", sprach er zu Reynolde, „wenn wir nach Glenhaven kommen, werde ich als Euer edler Begleiter auftreten, ein fahrender Ritter, ein berühmter Kriegsheld. Jeder wird mir Glauben schenken. Ich habe doch Euer Versprechen, daß Ihr mich nicht verraten werdet?"

Die Schauspieler, die echten und die falschen Ritter, Eisenherz-Gaukler und Reynolde-Eisenherz zogen in Glenhaven ein. Wie alle Ankömmlinge wurden sie von einem Mädchen beobachtet — und drei Paar dunkle Augen starrten zurück, und jeder Betrachter hegte dabei andere Gedanken. Das Mädchen war schlank, hatte goldenes Haar und graue Augen. Eisenherz (also der richtige Prinz, der verkleidete Ritter), dachte voller Sehnsucht an Aleta. Foulk (als fahrender Ritter auftretend) war begeistert, dieses Mädchen mußte er als Mitglied seiner Truppe gewinnen, dann wären ihm Ruhm und Glück sicher. Reynolde (Eisenherz spielend) war fassungslos, sein Mund stand staunend offen, sein Herz raste in Hingabe.

Wieder saß Prinz Eisenherz beim Gesinde. Wieder benahmen sich die Gaukler und Schauspieler wie Gesindel. Die unbändigen Burschen verwandelten das Abendessen in einen Tumult. Köche und Küchenmägde lachten laut über das Tohuwabohu — oder schimpften vor lauter Zorn. Foulk und Reynolde machten ihre artige Aufwartung dem Gastgeber, der sie freundlich begrüßte: „Von Euren Taten, Prinz Eisenherz, haben wir viel vernommen. Wir entbieten unser Willkommen auch Eurem Freund, Sir Foulk."

Das Turnier wurde durch die Wettkämpfe der Freisassen eröffnet, die sich im Bogenschießen, im Ringen und im Wettlauf maßen. Die blonde Schönheit, Lady Ann, wurde durch Foulks charmantes Geplauder unterhalten. Reynolde saß schüchtern dabei, von ihrem Liebreiz gefesselt.

Unser Held, der Gaukler, der einmal Prinz Eisenherz gewesen war, spähte ohne Scheu und ohne Scham von den Zinnen in den Schloßhof hinab. Er sah, wie seine beiden Gefährten um die Gunst der schönen Ann buhlten. Der Spaß, den der richtige Prinz Eisenherz bisher empfunden hatte, wich langsam der Sorge. Reynolde spielte nun den Ritter der Tafelrunde. Aber dieser falsche Eisenherz hatte das richtige Singende Schwert umgegürtet. Aus dem Spaß könnte Ernst werden. In die Maskerade hatten sich Liebe und Eifersucht gemischt.
Wie sollte diese Geschichte weitergehen?
Wie enden?

Prinz Eisenherz

① IN DEN TAGEN KÖNIG ARTHURS KÄMPFT GEGEN DIE HUNNEN IM MITTELMEER

② AUF GEFÄHRLICHEN REISEN DIE GOLDENE PRINZESSIN IN DER NEUEN WELT

③ ZWISCHEN LEBEN UND TOD REITET FÜR THULE SEIN FREUND BOLTAR

④ BÄNDIGT REBELLEN BEFREIT ALETA

⑤ DIE HERAUSFORDERUNG IM AUFTRAG DES KÖNIGS

⑥ IM KAMPF GEGEN DÄNEN UND SACHSEN DIE REISEN IN DEN ORIENT

⑦ ABENTEUERLICHE RÜCKKEHR NACH CAMELOT VERRAT AN KÖNIG ARTHURS HOF

⑧ DER SIEG ÜBER DIE SACHSEN EIN KAMPF UM THULE

⑨ ROTHÄUTE UND BLEICHGESICHTER VERRAT UND MASKERADEN

⑩ DIE GROSSE JAGD DER SKLAVENAUFSTAND